Emrah Serbes
Fragmente

Emrah Serbes

Fragmente

Aus dem Türkischen von Selma Wels

binooki

Die Originalausgabe erschien unter dem Titel
Hikâyem Paramparça

© İletişim Yayıncılık, 2012

Mit der Unterstützung des Programms »Kultur 2007-2013«
der Europäischen Union

Deutsche Erstausgabe
© 2015 binooki OHG, Berlin
www.binooki.com

1. Auflage 2015

Lektorat: Ulrike Gramann
Satz: Erhard Waldner
Titelillustration: Kai Wels
Umschlaggestaltung: Josephine Rank
Fotografien: Ümit Bektaş
Druck: GGP Media GmbH, Pößneck
Printed in Germany
ISBN 978-3-943562-47-7

Die meisten Texte in diesem Buch sind eine überarbeitete Auswahl der Beiträge, die ich für den Blog *Afilli Filintalar* geschrieben habe. Die Fragmente 53-54-55-56-57 und 58 sind in der Juni-Ausgabe 2009 der Zeitschrift *Birkim* erschienen.

Die Erzählung *Galip İşhanı* wird erstmalig in diesem Buch veröffentlicht.

Inhalt

Hinweis des Verlages

Keine Angst, Türkisch lernen müssen Sie für die Lektüre dieses Buches nicht. Aber ein paar Worte sollten Sie schon kennen, um sich zurechtzufinden:

Abi
Das ist der ältere Bruder, aber auch das höfliche Beiwort für Männer, die älter sind als man selbst.

Abla
Das ist die ältere Schwester, aber auch das höfliche Beiwort für Frauen, die älter sind als man selbst.

Amca und *Teyze* bedeutet Onkel beziehungsweise Tante und ist auch jeweils höfliches Beiwort für Herren oder Damen, die deutlich älter sind als man selbst.

Eyvallah
Das bedeutet: klar, natürlich, danke, auf Wiedersehen

Fragmente

1. Volkszählung in der Dunkelheit

An dem Tag, an dem mein Vater starb, habe ich mich verliebt. Manchmal passiert alles auf einmal. Ich fuhr U-Bahn. Es gab zwar freie Sitzplätze, aber ich stand lieber. Hinten in der Ecke. Ich habe an sie gedacht. Nichts Romantisches, eher so praktische Dinge, wie ich mich mit ihr verabreden könnte oder so. Gleichzeitig dachte ich auch darüber nach, wie viele Stationen ich noch zu fahren hatte. Ich war 21 Jahre alt. Das Rad des Schicksals dreht sich immer weiter, egal wie alt man ist. Wenn du in einer Großstadt lebst, musst du viele unnötige Dinge wissen, damit du dich nicht wie ein ausgemachter Idiot fühlst. Wie dem auch sei, schlussendlich bin ich in der Station ausgestiegen, in der ich aussteigen musste. Ich ging nach Hause. Alle hatten denselben Ausdruck im Gesicht: die süße Scham, am Leben zu sein, während man eine Todesnachricht überbringt. Ein Ausdruck wie ein offener Beweis, der in den Gesichtern hängt. Seit der Zeit der Urmenschen bis heute haben sich diese Gesichtsausdrücke immer mehr verfeinert. Irgendwann wird sich so eine Sprache entwickeln, in der es nicht mehr nötig sein wird, auch nur ein Wort zu wechseln. Es wird dann im Gesicht jedes Menschen zu sehen sein, was er eigentlich sagen will. »Warum?«, fragte ich. Also nach dem Grund seines Todes. Sie haben es mir gesagt. Wenn ihr wirkliche Lebensfreude kennenlernen wollt, geht auf Friedhöfe, spaziert dort ein wenig herum und schaut in die Gesichter der Friedhofsbesucher.

Ich erinnere mich an den alten Leichenwäscher vor der Marmorplatte, auf der er meinen Vater gewaschen hat. Er hatte einen weißen Bart. Nicht wie die alten Opas mit den vollweißen Bärten, die einem im Traum erscheinen. Mehr so wie Hemingway. Er liebte seine Arbeit und redete viel. Männer, die so einer Arbeit nachgehen, sollten schweigen. Aber das interessierte ihn nicht. Er hat eine Reihe von Fragen gestellt. Ich habe keine einzige beantwortet. Nach jeder Antwort, die ich ihm schuldig blieb, war er mehr überrascht. Und er war mit einer tiefen Aufrichtigkeit überrascht. Es gibt Orte, da sollte das Reden wirklich verboten werden. Nun erzähl das mal Kindern und alten Menschen. Die sind von Natur aus Anarchisten.

Der Tag der Beerdigung war sehr kalt. Und danach wollte ich nur noch schlafen. Schlaf, ein natürliches Beruhigungsmittel sozusagen. Wenn ein Mensch, den wir lieben, stirbt, ist die Rückkehr ins Leben wie Fahrradfahren lernen. Doch das Fahrrad fährt nur bergab. Dabei denke ich nicht an die seltsame Freude, die einen überkommt, wenn man dabei das Gleichgewicht finden will. Ich rede auch nicht von der Angst, zu fallen und sich zu verletzen. Versteht ihr, was ich meine?

Und dann verging Zeit. Die Zeit macht nichts besser. Die Zeit macht auch nichts schlimmer. Diese Dinge sind unabhängig von der Zeit. Mir gelang nichts, außer in Einsamkeit und Ferne eine weitere Zigarette anzuzünden. Nicht, weil mein Vater gestorben war, auch nicht, weil ich verliebt oder 21 Jahre alt war. Weil es einfach so sein musste.

Dann habe ich mich ein bisschen betrunken und mich ans Telefon gehängt. So etwas ist nicht fair. Für beide Seiten nicht … Die Menschen verstehen, dass du betrunken bist, aber ihr Unterbewusstsein speichert es nicht so ab, weil sie nur die Stimme wahrnehmen. Der Stimme verpasst das Unterbewusstsein dann ein ganz und gar klares Bewusstsein. Das Unterbewusstsein ist ein charakterloser Hurensohn. Es tut alles, was in seiner Macht steht, euch zu betrügen. Wir alle haben verfälschte Erinnerungen. So haben wir das doch eigentlich gar nicht erlebt. Denk an all die alten Menschen, die ihre Erinnerungen aufschreiben. Die

wissen, dass sie sterben, wenn sie damit fertig sind. Deswegen schieben sie es immer vor sich her, weil ihnen bewusst ist, dass sie trödeln müssen, um weiterzuleben.

Ich habe sie angerufen und zu ihr »Ich liebe dich« gesagt. »Das Rad ist stehengeblieben, der Strafprozess beendet. Zum ersten Mal in meinem Leben möchte ich nicht davonlaufen.« Und ich schäme mich noch heute, dass ich das alles gesagt habe. Jeder hat einen Strich auf seinem Herzen. An dieser feinen Linie läufst du gegen eine unsichtbare Wand und fällst hin. Weiter kannst du einfach nicht gehen. Deine ganze Welt erstreckt sich dann zwischen zwei Punkten. Von dort, wo du gefallen bist, maximal so weit, wie du deine Hand ausstrecken kannst. Und in dieser Zeit bin ich irgendwo gefallen. Wo genau, das weiß ich nicht und werde es auch nie herausfinden.

»Lass uns später reden«, hat sie gesagt. Wir redeten später. In dem Parkhaus gegenüber vom Krankenhaus. Einen Teil des Parkhauses haben sie zu einer Autowaschanlage umgebaut, einen anderen Teil zu einem Teegarten. Ein gut gemeinter, aber nicht sonderlich gut gelungener Ort …
Ich werde nicht aufschreiben, worüber wir sprachen. So weit gehen wir hier jetzt auch wieder nicht. Immerhin sind das intime Angelegenheiten. Ich will euch doch sowieso gar nicht mein Leben erzählen. Ich will nur über das, was ich erlebt habe, nachdenken und dann zu einem Ergebnis kommen. Ich vermute, ich bin ein Schriftsteller, wie er etwas aus der Mode gekommen ist. Ich mag Verallgemeinerungen, und ich mag es auch, nachdem ich den Punkt gesetzt habe, eine Botschaft zu hinterlassen – gut oder schlecht. Auch wenn ich denke, das hat jetzt keinen Sinn mehr, muss ich dennoch weitermachen. Es ist wie ein Fluch. Es ist eine Gewohnheit, und Gewohnheiten kann man nun mal nicht so leicht ablegen.

Dann verging wieder Zeit. Dabei ist es gar nicht wichtig, ob Zeit vergeht. Das hatten wir ja schon. »Damals hatte ich den Drang, etwas zurückweisen zu müssen, und du kamst genau in diesem Moment«, sagte sie. »Du warst so gut damals. Es ist, als hätte meine Mutter nur dafür sieben Monate länger gelebt. Verstehst du, was ich sagen will?«

Ich verstand. Wir hatten uns – gegenüber und ohne einander sehen zu können – hingelegt. Wir lagen da im Dunkeln, ohne zu wissen, wie viele wir waren. Wir hatten uns mit unseren Toten hingelegt. In der Dunkelheit funktioniert Volkszählung auf diese Weise: Wer lebt, zündet sich eine Zigarette an.

2. Einführung in den Wahnsinn

Fängst du an, deine Träume für wahr zu nehmen, entdeckst du auch Makel an ihnen.

3. Du bist sehr schön, aber was habe ich davon

Wären die Nachrichten wahr, müssten nicht schöne Frauen sie vorlesen. Das Fernsehen ist die Festung der Lüge. Weil das so ist, gab es zuerst nur öffentlich-rechtliches Fernsehen. Und darum verwundert es auch nicht, dass der erste private Fernsehsender von Cem Uzan gemeinsam mit der Familie Özal ins Leben gerufen wurde.

Cem Uzan: türkischer Medienunternehmer und Vorsitzender der rechtspopulistischen Genç Parti (GP), häufig mit Silvio Berlusconi verglichen. 2009 in Abwesenheit von einem türkischen Gericht zu sechs und 2010 zu 23 weiteren Jahren Haft verurteilt, u.a. wegen Fälschung von offiziellen und privaten Dokumenten, schwerem Betrug und Bestechung.

Turgut Özal: nach dem Militärputsch 1980 stellvertretender Ministerpräsident in der Regierung von Bülent Uluslu. Am 20. Mai 1983 zum Vorsitzenden der von ihm gegründeten Anavatan Partisi (ANAP) gewählt und nach den Wahlen vom 6. November 1983 mit der Bildung der Regierung beauftragt, die er bis 1989 als Ministerpräsident führte.

4. Du bist Madame Bovary

Nur weil wir zufällig unsere Tugend bewahren, bedeutet das noch lange nicht, dass wir anständig sind. Genau darum hat Flaubert »Madame Bovary« geschrieben. Er hat Emma nicht gleich in die Arme eines Schürzenjägers getrieben, bloß weil sie sich mit ihrem Mann langweilte. Er hat sie erst einmal mit dem Kanzlisten Léon in Yonville bekannt gemacht, in dem Emma einen Seelenverwandten erkannte. Dieses platonische Geheimnis dauerte so lange an, bis Léon den Ort verlassen musste. Erst dann betrat der Schürzenjäger Rodolphe die Bühne. Und was ist nun die Aufgabe von Léon in dieser Geschichte? Léons Aufgabe ist es, den Lesern vor Augen zu führen, sie daran zu erinnern, dass auch die eigene Tugend am seidenen Faden hängt, ohne dass sie Emma gleich verurteilen. Deswegen sagt Flaubert: »Madame Bovary bin ich.« Weil er sagen will: Auch ihr seid ein bisschen Madame Bovary. Wer seine Tugend unter dem Mikroskop betrachtet, sieht einen, der jederzeit bereit ist, verführt zu werden.

5. Du bist gegangen und
jeder fing zu sterben an

Zuerst ist Saniye Teyze gestorben. Dann Opa. Dann Oma. Danach meine angeheiratete Tante und dann mein angeheirateter Onkel. An dem Abend, an dem das Siebentagegebet meines angeheirateten Onkels gelesen wurde, wurde der Krämer erstochen, der die Nachricht von seinem Tod überbrachte. Dann ist Onkel Vedat gestorben. Dann mein Vater. Dann mein anderer Opa. Und dann war das große Erdbeben. Bevor ich 30 wurde, habe ich 30 Särge getragen. Die Särge derer, die vor meinem Vater starben, trug ich zusammen mit ihm. Trotzdem, es kam mir jahrelang so vor, als sei mein Vater als Erster gestorben. Als sei er es, der diesen Jenseitswahn ins Rollen gebracht hätte. Aber so war das gar nicht. Das habe ich erst neulich verstanden.

Du bist gegangen und jeder fing zu sterben an.

Wer kann denn nach so vielen Toten noch behaupten, lebendig zu sein? Wer möchte unter diesen Umständen nicht ein bisschen zum Zombie mutieren? Wer wäre nicht zerbrechlicher und schroffer, und wer würde nicht an Fukuyama glauben? Mein Opa war Landwirtschaftsingenieur, doch er war so lange krank, dass seine medizinischen Erfahrungen deutlich interessanter waren als die, die er in der Landwirtschaft gesammelt hatte.

Du bist gegangen und jeder fing zu sterben an.

Wie ein Kind, das, vor Einsamkeit tollwütig, mit einem Schlüssel den Lack eines Autos zerkratzt, so hinterhältig war das, was an meiner Seele nagte. Trotzdem erhellen sich trübe Tage gelegentlich schlagartig: Es gibt kaltes Bier und manchmal auch schöne Mädchen. Es ist nicht so, wie wenn du deine Haare nach dem Regen mit dem Handtuch trocknest. Eine Liebe dieses Kalibers habe ich noch nicht gesehen. Ich hab sie schon geküsst, aber eingeatmet habe ich sie noch nicht.

Du bist gegangen und jeder fing zu sterben an.

Jetzt empfiehl mir ein Buch, das ich auf jeder Seite zu lesen anfangen könnte. Empfiehl mir eine Geschichte ohne Anfang, ohne Ende und ohne eine Mitte. Empfiehl mir einen Meister, aber bitte keinen, der eine Zeitschrift gegründet hat. Wie sehr haben wir uns geschämt vor den Kränkungen der Vergangenheit, wie groß war unsere Angst, bei jedem Schritt ertappt zu werden. Ismet Özel oder Metin Altıok? Oder haben wir etwa gar keine gemeinsamen Freunde mehr?

Du bist gegangen und jeder fing zu sterben an.

Den Schmerz, dass sie außerstande sind, etwas zu ändern, kennen die Engel, die keine Ausgehgarderobe für die Erde haben. Eichhörnchen, die gefesselt sind im Scheinwerferlicht eines Autos. Steine, die langsam und schwer auf den Grund des Wassers sinken. Jetzt denke an ein Fenster, das jemand mit einer Bohrmaschine mitten in deinen Brustkorb gebohrt hat. Du schiebst den Vorhang leicht zur Seite und schaust von deinem eigenen Schmerz aus auf die Welt. Es tut nicht mehr so weh wie früher, und genau das schmerzt am meisten.

Du bist gegangen und jeder fing zu sterben an.

Du hast kein Recht dazu, den Film *Love Story* in den *Panzerkreuzer Potemkin* zu verwandeln. Zum Glück sind wir am Leben. Ich sage: Zum Glück sind wir am Leben; aber warum erzähl ich das alles? Ist das nur der Kampf des Unterbewusstseins gegen das Vergessen? Nein, keineswegs. Es ist meine synchronisierte Einsamkeit.

Du bist gegangen und jeder fing zu sterben an.

Zuerst sind unsere Fingerspitzen gestorben, in denen es bei jeder unserer Berührungen zum Kurzschluss kam. Danach ist das Grün für mich gestorben, dann Braun. Dann wurde der Ort unseres ersten Kusses aus deinem Herzen geschnitten. Zwölf Jahre sind vergangen. Wie kurz doch das Schweigen ist. Du sagst: »Wie schön das ist, lass uns bis in alle Ewigkeit schweigen.« Aber die Ewigkeit, meine Liebe, redet eines Tages mit jedem von uns, das weißt du.

Du bist gegangen und jeder fing zu sterben an.

Das Erdbeben von Gölcuk ereignete sich am 17. August 1999 um 3:02 Uhr Ortszeit. Zu den am stärksten betroffenen Städten gehörte auch Yalova, die Heimatstadt von Emrah Serbes. Durch das Erdbeben starben in der Türkei insgesamt 18.373 Menschen, 48.901 Menschen wurden verletzt.

Ismet Özel (*1944): türkischer Dichter und Essayist

Metin Altıok (1941-1993): türkischer Dichter alevitischen Glaubens

6. Konsequent charakterlos

Die Konsequenz darf man nicht zum Tarnmantel der Charakterlosigkeit werden lassen.

7. Geistiger Aufstieg

Geistiger Aufstieg ist ohne materiellen Verlust gar nicht möglich. Da müsst ihr euch nur mal die Monatsgebühren für Yoga-Kurse anschauen.

8. Ein guter Schriftsteller ist wie ein Elternteil

Ich bin mit einem Lehrer befreundet. Die Schule, in der er arbeitet, soll abgerissen und erdbebensicher neu gebaut werden. Die Schüler klopften nach dieser Nachricht an die Tür des Schuldirektors und sagten: »Bitten lassen sie uns die Schule niederreißen!« Ja, so ist sie, die Liebe zur Schule ... Die Schule ist eben ein Ort, an dem wir alles, was wir gelernt haben, mit einem ausgeprägten Widerwillen gelernt haben. Wäre ich Kultusminister, würde ich alle guten Schriftsteller vom Lehrplan nehmen. Es macht keinen Sinn, Sait Faik in den Lehrplan zu nehmen, wenn der Lehrer eine Spitzhacke ist. Ein guter Schriftsteller ist wie ein Elternteil. Solange nichts vorfällt, muss er auch nicht in die Schule kommen.

Sait Faik (1906–1954): türkischer Schriftsteller. Er gilt als Wegbereiter und Begründer der modernen türkischen Literatur.

9. Sei nicht so zappelig, ich schreibe

Du stehst vor einem Piano, du bist schöner als das Piano. Und dann pflanzen wir gezwungenermaßen Setzlinge für den »Wald der Erinnerung an die Schul- und Elternvertretung«. Aus keinem einzigen Setzling wurde ein Baum. Von einem Wald, der an zwei so muffige Institutionen erinnern soll, war auch nichts anderes zu erwarten. Und später, auf dem Abschlussball, habe ich mein Kinn an deine Schulter gelehnt. Auf diesen Abschlussbällen passieren immer sonderbare Dinge. Als ob übernatürliche Kräfte auf einmal die Bühne betreten und alle miteinander zu einem gordischen Knoten binden möchten. Und später der Frühstückstisch auf dem sonnenüberfluteten Balkon. Das getoastete Brot in der Hand halten und sich wünschen, 20 Würfel Zucker in einem kleinen Teeglas unterzubringen. Später hast du am Steg mit dem gleichen Ehrgeiz deine Arme zu beiden Seiten ausgestreckt. Bei ruhiger See bereit für einen Tsunami. Dann wir beide Wange an Wange an Silvester. Wie siamesische Zwillinge, die auf dem Rummelplatz ihre Mutter verloren haben. Wie zwei Verrückte, die an Gelächter festkleben. Selbst die Augen sind ganz rot geworden. Dann umarmen wir uns vor dem Orchester auf der Hochzeit eines gemeinsamen Freundes. Im Hintergrund rennt ein Kind aus Langeweile herum. Und genau dieses Kind wird uns kurz darauf anrempeln. Später mit Freunden am Tisch: wie alle die Gläser erheben und wir schauen uns dabei an. Wahrscheinlich haben wir so posiert, damit wir uns das später einmal anschauen und zumindest dann etwas trinken können. Wir haben den Maiskolbenverkäufer auf der Straße angehalten und ihn gebeten, ein Foto zu machen. Die Sonne ging gerade unter, du fragtest warum. Wenn ich deine Hände hielt, dann um nicht in den Abgrund zu stürzen. Für Kinder, die in der Sonne pfeifen. Zählen zwei Menschen in der Dunkelheit eigentlich nicht als eine Person. Wenn einer verloren geht, soll er laut »Apfel« schreien. Wir haben viel geredet dort. Aber wir sind wieder sehr stumm abgelichtet worden. Und dann schlage ich das Album zu, und vor meinem geistigen Auge erscheint ein ganz anderes Foto ... Ein Moment, an dem alle Fotografien sich vermischen. Ach, würdest du nicht so rumzappeln, hätte ich das jetzt auch schreiben können.

10. Eine Mutter mit drei Kindern

Was unterscheidet eine Mutter mit drei Kindern von einem General im Ausnahmezustand?

11. Nehmt Schriftsteller nicht zu ernst

Das habe ich sehr oft gehört: »Den Schriftsteller XY liebte ich wirklich sehr, aber nach dem, was er sich neulich geleistet hat, denke ich nicht daran, noch mehr von ihm zu lesen.« Also bedeutet das: Wenn du zur Zeit von Dostojewski gelebt hättest, hättest du ihn nicht gelesen, weil er ein Spieler war. Man sollte das Privatleben von Schriftstellern einfach außen vor lassen. Man sollte das, was Schriftsteller sagen, nicht so ernst nehmen. In der Literaturgeschichte tummeln sich viele schlimme Typen, die Wunderbares geschrieben haben.

12. Albtraum

Jeder träumt seinen eigenen Albtraum. Was einen Albtraum zu einem Albtraum macht, sind die Stellen, die nicht vermittelbar sind. Was du einem anderen erzählen kannst, ist kein Albtraum mehr.

13. Wirbelnder Staub

Lass uns wieder in den wirbelnden Staub gehen, mitten ins wahre Vergnügen. Ich kannte einen alten Mann auf dem Sterbebett. »Wenn du die Menschen wirklich ansehen willst, mein Junge, dann gehe dort hin, wo sie dich nicht sehen können«, sagte er. »Geh mitten ins Chaos.« Er war so alt, dass eine Woche nach seinem Hinscheiden alle dachten, er sei schon zehn Jahre tot. Damals dachte ich, dass die Toten nur Tote imitieren. Heute fühle ich, dass die Lebenden Lebende imitieren. Wir sind keine Gesellschaft, wir sind ein Massengrab. Schon elf Jahre gehe ich erst am frühen Morgen ins Bett und stehe zu Mittag auf. Bis zur Abenddämmerung geht meine Zerstreutheit nicht weg. Vielleicht suche ich etwas, das ich im Schlaf verloren habe. Wen ich auch treffe, ich erzähle ihm meine Träume. Aber wir sollten lieber über Erinnerungen sprechen. Es gibt Erinnerungen, die viel dunkler sind als Träume. Sie geben einem mehr Aufschluss über einen anderen. So wie du einen Kaugummi, dessen Süße du schon rausgekaut hast, noch einmal in Zucker wendest und weiterkaust. Und ich habe eines Morgens die Zahnpastatube gegen eine Tube Schokocreme ausgetauscht. Sie haben mich ausgelacht. Wenn ein Kind so eine Nummer abzieht, muss man das schlucken. Nicht nur so tun, als hätte man es geschluckt. 20 Jahre später in Beşiktaş das Haus, das wir verlassen haben … Das einzige Haus, das wir je verlassen konnten … Fünf Stockwerke, 82 Treppenstufen … Nachts auf dem Balkon hielten wir immer etwas Abstand vom Geländer. Zwei Schwindlige, die, seit sie *Vertigo* gesehen haben, dazu verdammt sind, immer nach oben zu schauen.

Schneeflocken ähneln einander nicht. Wörter auch nicht. Aber ein Satz ähnelt jederzeit einem anderen. Rennende Pferde erinnern an fallende Pferde. Der Regen fällt, hört auf, fällt wieder.

Auf dem falschen Weg zu laufen ist besser, als auf dem richtigen zu warten, mein Junge. Vom Sperma bis ins Grab … Im Dunkeln kann einer mit dem anderen zusammenstoßen. Lüge ich schon wieder, was soll's? Wir haben so oft die Wahrheit gesagt, aber unsere Nasen sind davon nicht kürzer geworden.

14. Die Zeit in der Höhe

Wenn du seit hundert Jahren auf einem Wolkenkratzer stehst, geht deine Uhr im Vergleich zu einer Uhr im Erdgeschoss 50 Millisekunden vor. Weil die Erdanziehung in der Höhe nicht mehr so stark wirkt, vergeht die Zeit dort schneller. Es gibt Leute, die auf dieser Grundlage eine Zeitmaschine zu entwickeln versuchen.

15. Die Prüfung der Würde

»Herr Lehrer, über welchen Zeitraum geht die Prüfung?«

»Von 1915 bis zur Ermordung von Hrant.«

1915 begann der Völkermord an den Armeniern.

Hrant Dink (1954–2007): armenischer Journalist, wurde von nationalisti-
schen Kräften in Gesellschaft und Justiz jahrelang verfolgt und 2007 in Istan-
bul auf offener Straße erschossen.

16. Die Heimat der Zeit

Der Mensch kommt nicht von da, wo er auf die Welt kam, er kommt mehr von der Zeit, in der er auf die Welt kam. Seine Heimat ist diese Zeit. Und das ist der Grund, warum wir mit Traurigkeit Notiz von den Veränderungen des Ortes nehmen, an dem wir geboren und aufgewachsen sind. Es wird auch kein weiterer Grund für diese Traurigkeit benötigt.

»Früher war die Tür dieser Schule so schön verrostet«, denke ich manchmal und bin dann traurig. Wenn wir auf die Vergangenheit unseres Geburtsortes kommen, erscheinen unverzichtbare Einzelheiten in unserem Kopf. Das sind Farben, Stimmen, Gerüche, all dieses Beiwerk. Bis zur Unendlichkeit verlorene Momente erscheinen. Der Mensch gehört an den Ort, an dem er seine Zeit anhalten will.

17. Diese Nacht

Im Kurtuluş-Park werfen die Bäume ihre Blätter ab … Der Himmel ist sternenklar … Die Sterne sind nah an der Erde … Würden wir einen Stein nach ihnen werfen, könnten wir einen oder zwei herunterholen. »Warum nicht?«, frage ich. »Wir würden nicht glücklich werden«, sagst du. »Na und«, sage ich, »es gibt ja schließlich kein Gesetz, dass jeder glücklich sein muss, lass uns doch einfach unglücklich sein.«

Wir schauen uns an, als ob wir in unseren Gesichtern gerade den Schlüssel suchen, den wir vorhin dort irgendwo verloren haben.

Wir laufen am Dolmabahçe-Palast vorbei. Warum ist das Eingangstor so prunkvoll? Weil der Zutritt verboten ist. Man muss sich das Tor anschauen, will man wissen, wie es drin aussieht.

Wir brauchen einander. Das wissen wir. Das ist der Punkt, an dem die Grausamkeit beginnt. Und das ist auch der Punkt, an dem die Toleranz beginnt. Aber es ist unmöglich, das in Worte zu fassen. Sondern man muss dafür ungefähr eine Stunde Noir Désir hören.

Dem Tod treten wir gegenüber, als sei er eine Tatsache, mit der nur andere konfrontiert werden. Wenn es eine Art Zwischenzone gäbe, eine dieser Zone zuträgliche Lebensweise, würden wir die Welt besser verstehen.

»Ich dachte, du bist anders«, sagst du. »Wie?« Vielleicht wie jeder außer mir selbst … Und es ist mein Fehler. Ich hätte gar nicht unter Menschen gehen dürfen.

Jemand, der sich mit Worten beschäftigt, kann niemals ein Heiliger sein.

Es ist ganz gut, dass wir uns irgendwo verloren haben. Es ist der am meisten klassische Weg, um etwas wertzuschätzen.

Das beste Buch von Barış Bıçakçı ist *Der kürzeste Abstand zwischen uns.* Aber er weiß es nicht. Das ist möglich, schließlich kann jeder sich mal irren.

Was danach kommt, ist nicht ganz klar … Wie etwas, das man findet, während man eigentlich nach ganz etwas anderem gesucht hat … Eine halbgebliebene Freude. Wir haben zwar ein Ticket in der Hand, aber es ist weder ein Ticket zum vollen Preis noch ein ermäßigtes. Mein Gott, dieses Kreuzworträtsel hast bestimmt du gebaut. Denn was mich am meisten nervt, während ich es nicht lösen kann, ist der Gedanke, dass es einer gebaut hat, der ein mindestens genauso großer Sünder ist wie ich.

Ich wollte von einem Kummer erzählen. Habe aber nichts zustande gebracht, außer eine Sache mit einer anderen zu vergleichen. Wie die Armeen, die nach ihrer Niederlage alles in Schutt und Asche legen, ehe sie sich zurückziehen. Die Niederlage mit Grausamkeit in Beziehung setzen … Unser tragischer Fehler: Wir sind gewohnt, uns nur noch mit uns selbst zu beschäftigen. Wir können gar nicht mehr anders. Wenn du willst, dann mach ein Kind und löse dieses Problem, aber bestell mir bitte noch ein Bier beim Gehn.

18. Was hast du dir nur angetan

Raskolnikow flüstert zu sich selbst: »Wenn es keinen Gott gibt, dann ist alles erlaubt. Ich kann nicht zur Verantwortung gezogen werden. Aber gleichzeitig bin ich in diesem Fall für alles verantwortlich. Ich könnte diese wucherische alte Pfandleiherin aus dem Weg räumen und das ganze Geld einstecken. Wenn es keinen Gott gibt, wer kann dann etwas dagegen tun? Ich muss mir meine eigene Welt erschaffen.« Er schwingt das Beil. Es gibt keinen einzigen Satz, in dem wir uns mit der wucherischen Pfandleiherin identifizieren können. Und dann ist da die unschuldige Lisaweta, die in dem ganzen Getöse auch noch geopfert wird. Okay, sagen wir mal, wir haben die Ausbeuterin vergessen, weil sie herzlos und ein Bösewicht ist. Warum gibt Dostojewski, der selbst seinen abgelegenen Charakteren eine seelische Tiefe gibt, Lisaweta keine? Wieso behandelt er dieses gutherzige Mädchen wie eine replizierte Figur? In dem Moment, in dem Raskolnikow Sonja seine Schuld gesteht, verstehen wir, warum. Sonja fragt nicht: »Warum hast du das diesen Menschen angetan?«, sondern: »Was hast du dir nur angetan?« Raskolnikow hat alles, was er tat, sich selbst angetan. Er zahlt den Preis dafür, dass er seine eigene Welt erschaffen hat. Um diesem Zustand Nachdruck zu verleihen, erfährt man in dem Roman nichts von Lisawetas Leid. Ihr Tod ist ein Fall für die Justiz, aber Dostojewski erklärt uns eine höhere Gerechtigkeit. Eine Gerechtigkeit, bei der du vielleicht der Strafe für ein begangenes Verbrechen entgehen kannst, niemals aber der Qual deines Gewissens.

19. Weder Freud noch Lacan

Der wahre Grund, warum wir unsere ersten Lebensjahre vergessen, ist, dass diese Jahre so beschämend sind.

20. Die Rückkehr eines Unwissenden aus dem Sherwood Forest

Einen Unwissenden haben sie in den Sherwood Forest geschickt.
Der hackte Robin Hood die Hand ab und kam wieder zurück.

21. Dem Feuer gleich werden

Mit sechs Jahren habe ich ein Baumblatt berührt und gesagt: »Liebes Baumblatt, ich werde dich nie vergessen.« Mit sieben habe ich beim Krämer an der Ecke eine Waffel geklaut und zum ersten Mal »Der rosarote Panther« auf einem Schwarz-Weiß-Fernseher gesehen. Silvester 1989 habe ich beim Bingo-Spielen nur zwei Reihen vollgekriegt. Nach dem Malmö-Match habe ich mich hingesetzt und geweint. Beim Golfkrieg war ich für Amerika. Wegen des mit Öl benetzten traurigen Kormorans. Erst viel später habe ich erfahren, dass sie Bilder von Vögeln benutzt haben, die von einem Tankerunglück in Alaska stammten. Den Sommer darauf habe ich versucht, mit Hilfe von Waffelverpackungen Arabisch zu lernen. Ich habe in jenem Winter den Gong geschlagen, und es kam kein Ton heraus, in einem Traum. Ein paar Jahre hatte ich Angst, dass mir eine Mücke ins Ohr fliegen und ich aus diesem Grund verrückt werden könnte. Mit 16, gerade als ich das Wort ergreifen wollte, verunsicherte eine Katze mit ihrem Spaziergang auf der Markise alle Gäste im Teegarten. Ich bin von der Schule abgehauen und auf die 1.-Mai-Demo gegangen mit 17. Im Jahr darauf war auf einmal alles dem Erdboden gleich in einer Sommernacht. Ein grundlegendes kosmisches Gesetz: Alles, was verbunden ist, löst sich eines Tages wieder, selbst die Elementarteilchen. Mit 19 war ich tagsüber Draufgänger und nachts Stoiker. Es gab etwas, das ich an dem Ort, wo ich es fand, gleich wieder verloren habe in diesem Herbst, bei meinem ersten Besuch in Ankara. Aber wer weiß schon, was das war. Vielleicht habe ich auch darauf gewartet, dass das Leid, das ich trage, sich selbst in fünf Sekunden zerstört. Ich habe tausendmal diese traurige Durchsage gehört: »Letzte Station Batıkent. Dieser Zug endet hier.« Am Eingang zur Metro habe ich mich eines Nachts hingelegt. Kreuz und quer, betrunken,

barfuß. Nach so vielen Jahren bin ich wieder am Anfang. Ich hatte mir die Kralle vom rosaroten Panther eingefangen und war außer Gefecht gesetzt. Nun lag ich da, völlig k.o. geschlagen, und wartete auf die Erfüllung eines nie gegebenen Versprechens. Und jetzt schaue ich das Feuer an, um dem Feuer gleich zu werden.

22. Einen Blinden prügeln

Einen Sehenden kann jeder verprügeln. Wahrer Mut liegt im Verprügeln eines Blinden. Wenn ein Blinder eine Faust spürt, dann nimmt er das als eine Botschaft aus der Dunkelheit wahr, wie das Schicksal, wie eine Ohrfeige des wahren Lebens. Warum schreibe ich das? Ich schreibe das für die blinden Areale meines Bewusstseins …

23. Jargonmonoxid

Manchmal, egal mit wem ich dann rede, habe ich das Gefühl, mit einem Experten zu diesem Thema zu sprechen. Und ich fühle mich, als würde ich versuchen, über einen Witz, den ich nicht verstanden habe, zu lachen, so als wäre ich erst gestern auf diese Welt gekommen, auf der ich schon 30 Jahre lebe. Das sind die Momente, in denen ich schwer Luft kriege.

24. Eine spartanische Herangehensweise

Ich habe es in einer BBC-Dokumentation gesehen: Spartakus sammelt vor der letzten Schlacht die Truppen und sagt: »Bis heute haben wir für unsere Herren gelebt, morgen werden wir für uns selbst sterben.« Lebte er heute, hätte er vermutlich formuliert: »Bis heute haben wir immer die Fehler der anderen gemacht, nun lasst uns ein bisschen das tun, was die anderen richtig machen.«

25. Ich habe nichts aus meinen Erfahrungen gelernt

In Romanen haben sie davon erzählt, in Filmen haben sie sich geküsst. Es gibt Geschichten, die mir meine Oma ins Ohr flüsterte, und Bushaltestellen, an denen nie ein Bus gehalten hat. Hast du jemals dem Quietschen des Bettes gelauscht, wenn andere Sex hatten? Hast du je auf die Kinder geachtet, die am Hauseingang mit ihren Zähnen Sonnenblumenkerne knacken? Hast du je still zugehört, als gehässige Menschen laut redeten? Wenn ja, dann zieh deine Socken aus, wir sind von derselben Art.

Zum Glück gibt es Erinnerungen, die vom wiederholten Erzählen ausgeleiert sind. Erinnerungen, die sich unter andere Erinnerungen mischen, um sich in ganz andere Erinnerungen zu verwandeln … Und es gibt noch nie gelebte Erinnerungen. Und meiner Meinung nach sind das die schönsten. Wenn du einer Schildkröte das Herz herausreißt, dann schlägt dieses Herz noch eine Stunde weiter. Ein Bach läuft nach 50 Jahren über, ein Telefon klingelt 100 Jahre lang. Und was haben wir von dieser Liebe gelernt: Der Mensch kann eines Tages jeden vergessen. Darum glaube besser an Geister, denn die fühlt man für immer.

26. Denkt daran, wenn ihr Feuer legt

Hätte die Bibliothek von Alexandria nicht gebrannt, würde heutzutage die Hochschulausbildung nicht weniger als zehn Jahre dauern.

27. Mach die Schule fertig, mach deinen Wehrdienst, such dir einen Job, heirate, mach Kinder

Ich habe einen Freund. Nach seiner Heirat hat er sich einen Job gesucht. Nach seinem Wehrdienst hat er die Schule fertig gemacht. Neulich abends haben wir uns getroffen. Er will Vater werden, ist sich aber nicht ganz sicher, ob das jetzt die richtige Zeit dafür ist. »Mein Freund«, habe ich gesagt, »ich glaube, mit dem System hast du keine Schwierigkeiten, nur mit der Reihenfolge. Du hast bis heute die Dinge in deinem Kopf gelöst, indem du die Chronologie durchbrochen hast, aber an einem Punkt hast du einen Fehler gemacht. Du hättest das Kind als Erstes machen sollen, denn sowohl in deiner Programmierung als auch in der allgemein üblichen kommt das Kind an letzter Stelle.« »Ich glaube, du hast recht«, sagte er. Wir haben uns noch ein Bier bestellt und es in dem seltsam traurigen Bewusstsein getrunken, nach dem dritten nicht das fünfte, sondern das vierte Bier zu trinken.

28. Prompter Reaktionsservice

Wenn du lachst, fange ich auch gleich an zu lachen. Wenn du weinst, dann zünde ich mir sofort eine Zigarette an. Wenn du auf den Markt einkaufen gehst, dann gehe ich zumindest auf den Balkon. Wenn du mich etwas fragst, dann denke ich kurz nach und antworte dir, aber meistens ist es die falsche Antwort, und manchmal schweige ich einfach und lass die Frage ins Leere laufen. Wenn du mit mir diskutieren willst, dann vergesse ich alles, was ich weiß. Wenn du mich dann fragst, ob ich es vergessen habe, fällt mir wieder ein, was ich sowieso schon wusste. Deine Existenz ist der interessanteste Scherz, der je mit mir gemacht wurde. Und eigentlich suche ich immer noch nach der richtigen Art, diesen Scherz zu erwidern.

29. Bei einem Heiratsantrag dringend zu beachtende Angelegenheiten

In der Mittelstufe hatten wir einen Klassensprecher, der nur seine vorderen Zähne putzte. Weil die hinten ja sowieso nicht so wirklich zu sehen waren. Damals fand ich sein Verhalten mehr als seltsam, aber heute verstehe ich, warum er das tat. Es interessiert uns nicht, ob wir verfaulen, wir finden sogar Gefallen daran, solange die Fäulnis an einem unsichtbaren Ort zugange ist. Es gibt nur eine Lehrerin, die uns etwas beibringen kann, die Scham. Wir sind über 20 Jahre zur Schule gegangen und haben Hunderte Lehrer kennengelernt. Und welche sind uns in Erinnerung geblieben? Die, die uns am meisten vorgeführt haben … Die Lektion, die du lernst, wenn dein Gesicht vor der ganzen Klasse errötet, lernst du nicht auf den besten Schulen der Welt. Auch wenn du der faulste Schüler der Klasse bist, bist du in diesem Moment Zeuge eines sehr offenen Geheimnisses. Wenn du so richtig Scheiße gebaut hast, also wenn die Fäulnis so richtig an die Oberfläche kommt und sichtbar wird, lernst du, wie die ganze Gemeinschaft sich zu einer großen Faust formiert, die sich gegen dich richtet. Wenn ich von der Gemeinschaft rede, schließe ich Vater und Mutter mit ein. Welche sind die populärsten Nachrichten? Der Vater, der sein Kind der Polizei ausliefert. Oder die Mutter, die ihr Kind von der Polizei abholt und es zu Hause weiter schlägt. Zeitungsmacher sind im Allgemeinen eher langsam im Kopf. Weil sie zu viele Informationen gleichzeitig durchströmen, der Motor überhitzt und sie nicht mehr synthesefähig sind. Trotz dieser Déformation professionnelle gibt es ein Geheimnis, welches alle Presseleute gelöst haben. Das Geheimnis, dass die verfaulteste Geschichte die authentischste ist. Sie wissen sehr gut, warum eine Nachricht über Eltern, die ihr

Kind der Polizei ausliefern, auf so großes Interesse stößt. Ein Mann hingegen, der seine Frau der Polizei ausliefert, ist nicht so interessant. Auch nicht die Nachricht über eine Frau, die ihren Mann verrät. Sie ist dann die Frau eines Diebs, oder er ist dann der Mann einer Mörderin. Sie sind natürliche Mittäter. Dieses Bündnis kann kein Verrat und kein Staat zerschlagen. Denn das ist das Grundprinzip der Ehe: helfen und Zuflucht gewähren. Vielleicht heiraten die Menschen auch nicht, um ein Teil der Gesellschaft zu sein, sondern um eine Zwei-Personen-Front gegen die Gesellschaft zu bilden. Vielleicht auch um das Verfaulen miteinander zu teilen. Wer weiß das schon! Einmal habe ich auch einen Heiratsantrag gemacht. Ich erwartete eine Routineantwort wie Ja oder Nein, aber ich wurde mit einer Gegenfrage überrascht: »Warum?« Gemeinsam verfaulen ist besser als alleine verfaulen. Deswegen. Eine solche Aussage erschwert es natürlich deinem Gegenüber sehr, den Antrag zu akzeptieren.

30. Du hast das Glück noch vor dir

Vielleicht ist *Du hast das noch Leben noch vor dir* der beste Roman, der im 20. Jahrhundert geschrieben wurde. (Zu diesem Thema sollten wir später noch einmal zurückkehren.) Momo sagt da: »Das Glück ist eine Angelegenheit, die man durch ihre Abwesenheit kennt.« Genauso ist es, und außerdem: Es gibt kein Glück ohne einen Anteil von Eigennutz darin. Ein Mensch kann einen anderen Menschen nicht glücklich machen. Glück kann man sich nur widerrechtlich aneignen. Wenn du alle glücklichen Momente deines Lebens addierst, erscheint dir nach 15 bis 20 Minuten alles wie ein unrechtmäßiger Gewinn.

31. Wir sind Menschen, verzeih es mir

Mein Lieblingssatz aus Kazantzakis *Alexis Sorbas* ist: »Wir sind Menschen, verzeih es mir.« Während Madame Hortense auf dem Sterbebett liegt, besucht sie der Gemeindevorsteher. »Verzeih mir, Madame«, sagt er, »verzeih mir, wie Gott dir verzeihen möge. Wenn ich dir manchmal ein hartes Wort gesagt habe – wir sind nur Menschen –, verzeih es mir.« Das sagt er zu einer alten Prostituierten auf dem Sterbebett. Ihre Vergebung ist ihm wichtig. Gott vergibt sowieso, das ist sein Konzept. Aber das ist nicht das Konzept der Schwächsten in der Kette. Die einzige Waffe, die sie haben, ist: nicht vergeben.

32. Das Heutiges-Wissen-Paradoxon

Mit meinem heutigen Wissen hätte ich das nicht so gemacht. Aber wenn du es früher nicht so gemacht hättest, hättest du auch nicht dein heutiges Wissen.

33. Umsonst gelebte, bedeutungsvolle Tage

In Antalya, mitten auf der Güllük Caddesi in der Passage, gab es die LıkLık-Kneipe. In den Jahren 1999 bis 2002 – jetzt kommen mir diese drei Jahre wie eine einzige durchgemachte Nacht vor – habe ich mein Leben dort verbracht. Da gab es einen Cengiz Abi, der hat jede halbe Stunde ein Bier getrunken. Weder eine Minute früher noch eine Minute später – jede halbe Stunde, man konnte seine Uhr danach stellen. Er hatte regelrecht weiße Haare und tiefgrüne Augen. Kein anmaßendes Grün, eher so ein ruhiges Grün wie in den Augen einer Raubkatze. Aus dem Krankenhaus, in dem er einen Alkoholentzug machen sollte, haute er viermal ab. Das Leben hatte ihn wahrlich drangsaliert, aber er saß kerzengerade. Nur wenn er Sibel Can hörte, seufzte er. Jeder hat nun mal einen schwachen Punkt, das lehrt die Psychologie. Dann gab es da noch Ertan Abi. Er fing immer plötzlich zu schreien an: »Wir wollen uns an der Trinkerei erfreuen, an der Trinkerei …« Und weiter schrie er: »Ich werde von euch allen Statuen errichten lassen.« Er schrie immer, als sei er sich sicher, dass man seine Stimme anders nicht vernehmen würde. Und dann gab es noch einen Schiffskapitän ohne Schiff. Er war mindestens 100 Jahre alt und wog mindestens 150 Kilo. Er war immer gereizt wie jemand, den man mit dem Krach einer Bohrmaschine aus seinem süßesten Schlaf reißt. Immer wenn wir laut lachten, sagte er: »Ich beglücke gleich eure Amme!« Dann war da der Glückspieler. Kein gewöhnlicher Zocker, sondern einer, der bereit war, jeden Moment seines Lebens in ein Glücksspiel zu verwandeln. Wir haben Backgammon um Dürüm gespielt. Wir haben Geld wechseln lassen, um *Kopf oder Zahl* zu spielen. Gegen Mitternacht, wenn er im Café nebenan ausgespielt hatte, kam er herüber, um mit mir zu wetten, ob ich auf ex trinken kann. Ich habe viel Bier auf seine Kosten getrunken.

Einmal haben wir beim Kartenspiel gewonnen. Er gab uns 142 Millionen, heutzutage sind das umgerechnet 142 Lira. Dann gab es noch Coşkun Abi, der bei den Wasserwerken arbeitete. Er trug seine Brille immer mit einer Brillenschnur. Atalay, der hochanständigste Mann, dem ich je begegnet war, war auch mit von der Partie. Er rauchte Parliament-Zigaretten, wie alle hochanständigen Männer das zu dieser Zeit zu tun pflegten … Später hat er geheiratet und kam nur noch selten vorbei. Es gab noch einen Mann, der am Stock ging, ein Andenken an seine Kinderlähmung. Dieser Mann hatte auch ein Motorrad. Eines Abends waren wir in einem billigen Nachtclub und haben uns mit den Typen am Nachbartisch gestritten. Wir sind dann mit dem Motorrad abgehauen. Er fuhr unaufhörlich im Zickzack. Gegen Sonnenaufgang saßen wir am Yachthafen. Zwischen den Felsen haben wir Mäuse gesehen, so groß wie unsere Arme. Es gab auch noch Muzaffer, den alle Muzo nannten. Muzo sammelte den Müll ein, putzte Schuhe und war jedermanns Laufbursche. Das Elend nimmt kein Ende auf dieser Welt, es gibt immer jemanden, dem es noch schlechter geht. Muzo kontrollierte immer die leeren Bierflaschen in den Kästen, und wenn noch ein kleiner Rest am Flaschenboden zu finden war, trank er ihn. Eines Nachts rüttelte er an dem Barhocker, auf dem ich gerade saß. Ich dachte, es fängt gerade ein Erdbeben an, und flüchtete nach draußen. Danach versuchte er jedes Mal, wenn er mich sah, heimlich an meinem Barhocker zu rütteln. Eines Nachts haben wir uns deswegen geprügelt. Sie haben uns lange Zeit nicht trennen können. Wir prügelten uns wie zwei Irre mitten in der Passage, denn ich bin wirklich durchgedreht deswegen. Danach hat er nie mehr an meinem Barhocker gerüttelt. Es war ganz gut, dass wir uns so gestritten haben, sonst hätte ich ihn vielleicht umgebracht, wenn er es nicht gelassen hätte. Die Brüder Ayhan und Yalçın hatten die LıkLık-Kneipe von ihrem Vater übernommen. Ayhan war der große Bruder, der *bad cop*; er kontrollierte die Abrechnungen und sammelte am Zahltag die angeschriebenen Beträge ein. Er war verheiratet und überließ nachts Yalçın die Kneipe. Nachdem alle Gäste gegangen waren, legte er die Kassette *Kutupta Yaz Gibi* von Baha ein. Wir haben dieses Album tausendmal gehört. Wir saßen da, schweigsam wie zwei Männer, denen gerade eine Todesnachricht überbracht wurde und die bereit sind, alles zu vergeben. Dann machten wir den Laden zu, meine Wohnung lag auf seinem Heimweg. Er hat mich immer mit dem Taxi zu Hause abgesetzt. Am nächsten Tag holte ich ihn ab, und alles fing von vorne an. Später habe ich angefangen, nach anderen Möglichkeiten zu suchen, mein Leben zu verschwenden. Und dann habe ich die berauschende Wirkung des Schreibens entdeckt und bin nach Ankara gezogen. An manchen Abenden habe ich dann Yalçın angerufen und mich mit jedem, der in der Kneipe war, unterhalten. Manchmal riefen sie mich alle gemeinsam an, wenn sie betrunken waren. Die Jahre vergingen, und wir haben uns allmählich voneinander entfernt. Jene Tage bedeuten nun nicht mehr als ein vor langer Zeit in einer Seitenstraße zurückgelassenes Auto mit geplatzten Reifen.

34. Manie

Ich habe dem, was andere über mich denken, schon immer sehr viel Bedeutung beigemessen. Jede Persönlichkeit wird von einer Manie geformt. Und meine vermutlich von dieser.

35. Wenn der Gerechtigkeit Genüge getan ist, fängt die Langweile an

Darum besteigt Lucky Luke nach jedem Abenteuer sein Pferd und reitet Richtung Horizont. Darum hat Che nach der Revolution Kuba verlassen ... Im modernen Sinn (Freiheit/Gleichheit/Brüderlichkeit) haben die Franzosen als Erste der Gerechtigkeit Genüge getan. Deswegen ist der wichtigste Exportartikel Frankreichs die Langeweile.

36. Freiheit

Wir fühlen uns frei, doch im Grunde sind nur unsere Leinen etwas lockerer. Das merken wir, wenn wir an das Ende der Leine kommen. Wie durchgedrehte Mücken, die auf ihrem Weg nach draußen immer wieder an die Fensterscheibe klatschen. Es gibt Dinge, die kann man nur nachts verstehen, wenn man mutterseelenallein und barfuß ist.

37. Sag es mir im Geheimen

Wir müssen nicht alles verstehen. Darf man etwa einen Baum fällen, nur um sein Alter in Erfahrung zu bringen? Wie trocknet ein Taucher seine Tränen? An gramerfüllten Tagen ist der Mensch leichter bereit, sich zu binden. Wer kann denn lieben, wenn alles gut läuft? Die Gründe, die uns zusammenbringen, sind dieselben, die uns auseinanderbringen. Aber das sind jetzt wirklich traurige Themen, lasst uns das mal abkürzen.

Es gibt Ärzte in Afrika, die beim Licht eines Mobiltelefons operieren, und ich bin hier nicht mal in der Lage, die Tür zu öffnen. Das meine ich ganz ernst und ihr denkt, ich scherze. Indessen, bluten ist auch eine Art und Weise des Lachens auf dieser Erde.

Die Menschen, die unser Leben hätten verändern können, sind still und leise an unserem Leben vorbeigezogen. Wir haben sie nicht gesehen, sie saßen nicht auf schwarzen Rössern. Und was haben wir aus all den Kreuzworträtseln gelernt: Ein Çinekop ist ein mittelgroßer Blaubarsch. Den Sänger auf dem Bild haben wir mal zufällig auf der Straße gesehen, unter der Sıhhiye-Brücke, wo sie sich sammeln, wenn sie die Generalprobe für den Jüngsten Tag durchführen. Und noch viel mehr haben wir gelernt.

Manchmal ist eine Geschichte wie zwei Hände, die einander festhalten, wie zehn Finger, die ineinandergreifen. Und jetzt sag mir im Geheimen: Was bedeuten verborgene Träume? Was bedeutet der Regen, was, jemanden zu verlassen? Danach werden wir wieder verstehen, was es bedeutet zu gehen.

38. Das Gallipoli-Syndrom

Alle Fronten ignorieren und an der letzten Front eine übermenschliche Performance an den Tag legen: Wenn die Türkei eine Seele hat, dann treibt sie sich irgendwo an dieser letzten Front herum. Wir sind nicht schicksalsergeben – wären wir doch nur so –, wir haben ein viel schlimmeres Problem. Wir sehen schon, welches Unglück über uns hereinbrechen wird, und finden eine gewisse Lust daran. Wir sehen das Ungeheuer und fangen an, Richtung Abgrund zu rennen, nicht aus Angst, sondern um mit dem Ungeheuer zu kämpfen. Aber dafür müssen wir unsere Rücken dem Abgrund zudrehen. Fragt die Torhüter, die in letzter Minute den gegnerischen Strafraum stürmen, um ein Tor zu machen. Die kennen die Seele der Türkei am besten.

Die Schlacht von Gallipoli, in der Türkei bekannt als die Schlacht von Çanakkale, wurde während des Ersten Weltkriegs auf der türkischen Halbinsel Gallipoli ausgetragen. Das Ziel der Alliierten war es, die Halbinsel zu besetzen und als Basis zur Eroberung der damaligen osmanischen Hauptstadt Konstantinopel zu nutzen. Trotz Überzahl scheiterten sie jedoch an den türkischen Verteidigungskräften.

39. Der Trennungsgedanke

Würde man die Türkei in hundert kleine Teile aufteilen, würden sich die Kurden als Letzte abspalten, weil sie den Trennungsgedanken im Kopf haben. Der Trennungsgedanke ist das wichtigste Element, welches die Kurden an die Türkei bindet. Wie Cioran einst sagte: »Hätte ich keine Suizidgedanken, hätte ich mich schon längst umgebracht.« Wenn der Mensch durchdreht, sollte er wissen, dass er jederzeit die Wahl hat, sich auch das Leben zu nehmen. Dieses Wissen erleichtert das Weiterleben. Und auch die Kurden müssen wissen, dass sie jederzeit, wenn sie durchdrehen, die Wahl haben, sich von diesem Land zu trennen. Und weil man versucht, ihnen diese Wahl aus den Händen zu reißen, ist und bleibt es ein Blutbad.

40. Ein Käfig ging ein Buch suchen

Auch Bücher haben, wie Völker, das Recht, über ihr eigenes Schicksal zu entscheiden. Wenn das Buch dann vom Bindfaden des Schriftstellers befreit ist, geht es seinen eigenen Weg, und keiner weiß, welchen Kurs es einschlägt. Und vielleicht war Kafka von genau dieser Tatsache genervt. Wenn ein Käfig auf die Suche nach einem Vogel gehen kann, wieso sollte er dann nicht auch auf die Suche nach einem Buch gehen können?

41. Der traurige Bastard

In guten wie in schlechten Zeiten ist da jemand, der immer bei mir ist. Wir sind zusammen aufgewachsen, wir sind auf dieselben Schulen gegangen, haben auf dieselben Pausen gewartet. Wir haben uns beim Überqueren der Straße an den Händen gehalten. An Fußgängerüberwegen achten wir immer noch aufeinander. Wenn ich morgens aufwache, sitzt er schon an meinem Kopfende. In seinem Gesicht haftet ein seltsames Lächeln, das nicht von dieser Welt zu sein scheint. »Wenn es nach mir geht, steig gar nicht erst aus deinem Bett«, sagt er. »Das Wetter draußen ist eine Katastrophe. Es gibt da draußen Tanten, die von ihrem Markteinkauf gestresst sind. In der Luft schwirren Projektile herum. Und außerdem bemühen alle Taxifahrer, angebracht und unangebracht, die Hupe.«

Manchmal kommt er vorbei, wenn ich mit Freunden zusammen bin. Er hält aber immer ein bisschen Abstand. Er hat außer mir niemanden, der ihn liebt. Wenn meine Freunde und ich lachen, verschränkt er seine Arme und setzt einen beleidigten Blick auf. Dieser Blick beinhaltet auch immer einen hohen Grad an Besserwisserei. Er schüttelt den Kopf, als würde er sagen wollen: Wenn alle weg sind, bist du am Ende wieder auf mich angewiesen.

Wenn wir in einer Schlange warten, unterhalten wir uns in der Regel. Ich würde meinen, er ist der einzige Mensch, der Gefallen daran findet, anzustehen. Zuletzt habe ich ihn in Üsküdar gesehen, da wartete er in einer zwei Kilometer langen Schlange auf das Fastenbrechen. Und das, obwohl er nicht einmal gefastet hat.

Seit der Rückpass an den Torwart erlaubt ist, gehen wir zusammen ins Stadion.

»Bleib weg, du bringst Unglück«, sage ich. Er kommt trotzdem mit. Wie oft habe ich ihn dabei erwischt, wie er sich heimlich freute, wenn unsere Mannschaft ein Tor kassiert hat. »Ich bin für keine Mannschaft«, sagt er, aber ich weiß ganz genau, dass er immer für die Mannschaft ist, gegen die wir gerade spielen. »Hast du die Angewohnheit, am Unglück Gefallen zu finden?«, fragte ich ihn einmal. »Ich habe die Kraft, die Realität zu ertragen«, antwortete er.

Die Chance, mit ihm gemeinsam etwas zu machen, besteht nicht. Wenn ich einen Film ansehen will, will er sich alte Fotos anschauen. Dauernd will er in alten Tagebüchern blättern. Er ist ein wahrhaftiger Feind der Gegenwart. Er vermisst sogar die Vergangenheit von vor 15 Minuten.

Wenn ich schreibe, schaut er mir über die Schulter. Er kräuselt die Lippen und sagt: »Du bist ein miserabler Schriftsteller.« Ich frage: »Warum?« »Du hast keinen Respekt vor der Vergangenheit«, sagt er. »Und von der Zukunft hast du keine Ahnung. Außerdem ist dein Stil eine Katastrophe. Du bist so gewöhnlich, dich kann sogar ein 15-jähriges Mädchen verstehen. Um Himmels willen, hast du nie Proust gelesen? Fang jetzt endlich an, über Ernsthaftes zu schreiben, oder lass es sein und wir eröffnen einen Laden für Trockenfrüchte.«

Immer wenn wir an einer verqualmten Kneipe vorbeilaufen, hakt er sich bei mir ein und insistiert: »Komm, lass uns hier reingehen.« Ich will nicht. »Ich habe zu tun«, sage ich, aber er hört mir nicht zu. Er zieht mich am Arm hinein. Wir poltern da rein und ich bestelle gezwungenermaßen zwei Bier. »Ich möchte nichts trinken, danke«, sagt er. »Wenn du nichts trinken willst, wieso hast du mich dann hier reingezerrt?«, frage ich. »Bitte, lass uns jetzt nicht vor dem Kellner streiten«, sagt er. Wenn ich betrunken bin, nimmt er mir mein Mobiltelefon aus der Hand und sagt: »Ruf jetzt besser niemanden an, ist besser so.« Ich hasse es, allein und betrunken zu sein. Niemand kann im wahren Sinne betrunken sein, solange er allein ist. Für die Trunkenheit braucht man Zeugen. »Na, dann lass uns sie anrufen«, sagt er. »Habe ich etwa gar keinen Stolz? Wie kannst du so etwas von

mir verlangen?«, frage ich. »Du kannst jemanden, der dich nicht liebt, nicht anrufen, wenn du betrunken bist. Du kannst jemanden, der dich nicht liebt, nicht nach Mitternacht anrufen. Du kannst jemanden, der dich nicht liebt, nicht einmal am Nachmittag anrufen. Vielleicht kannst du am frühen Abend eine Textnachricht schicken.« Er besteht darauf: »Egal, lass uns jetzt anrufen.« »Nein, das geht nicht«, sage ich. Dann fängt er inmitten der Leute zu weinen an wie ein kleines Kind. Ich halte ihm den Mund zu, er beißt mir in die Hand. Dann schlage ich ihm mit der Flasche auf den Kopf. Daraufhin zieht er beleidigt ab. Und dann taucht er irgendwann ganz unerwartet wieder auf, und wir umarmen uns, als sei nie etwas gewesen.

»Wo warst du?«, frage ich, »Wie geht es dir? Geht es dir gut?« »Ich habe dich vermisst«, sagt er. »Wenn ich dein Herz gebrochen habe, dann tut es mir leid, mein Bruder«, sage ich. »Schon gut«, sagt er. Sein Herz habe er sowieso bei Ikea gekauft und könne es jederzeit auseinandernehmen und wieder zusammenbauen. Außerdem habe er das Bedürfnis, Lügen zu glauben. Wie alle hoffnungslosen Menschen … Wie alle seine kranken Verwandten … Wie eine Schule, die auseinanderbricht …

»Du trauriger Bastard«, sage ich zu ihm, weil ich seinen Namen nicht kenne. Und er erwidert: »Du unerfahrener Bastard. Du hast doch keine Ahnung von der Welt. Du weißt nicht, welche Trauer einbricht, wenn die Pausenglocke in einer Fabrik läutet. Du kennst die wahre Bedeutung der Papierschiffchen nicht, die dem Wasser überlassen werden. Der Plastiktüten, die sich im Wind erheben … Der Grundstücke, die mit Schutt bedeckt sind … Wenn wir fortfahren, in dieser Geschwindigkeit zu sterben, wird bald die ganze Welt zu einem Grab. Aber du siehst den Tod noch immer als persönliche Angelegenheit an. Jeder ist der Tyrann des Themas geworden, auf das er sich konzentriert.« »Ich auch?«, frage ich ihn. »Du auch«, sagt er, »aber sei nicht traurig. Wir werden alles vergessen. Wir werden nichts zurücklassen. Wenn wir gehen, wird es kein einziges Paar Augen geben, das sich in unseren Rücken festsetzt. Wir werden unsere Trümmer einsammeln und gehen. Sich wie ein Gentleman zu benehmen, heißt, dass man wenigstens weiß, wie man zu Staub wird.«

Unsere Schmerzen ähneln sich mittlerweile auch. Wie Finger, die sich ähneln. Aber dennoch haben sie einen unverwechselbaren Abdruck. Manchmal kommen mir in der Dunkelheit Tränen in die Augen. Aber er fängt dann wieder an, wie ein Wasserfall zu plappern, direkt an meinem Ohr, ohne Punkt und Komma, er erlaubt nie, dass ich weine: »Alles wurde verziehen«, sagt er. »Wir werden immer zusammen bleiben«, sagt er. »Wärst du doch nur eine Frau«, sage ich daraufhin. Und er antwortet: »Vielleicht fällt dieses Jahr viel Schnee, und wir gehen verloren.« Wenn er das sagt, glaube ich ihm alles. Ich schließe meine Augen, und alles wird weiß. Wieder halten wir uns an den Händen wie zwei kleine Kinder. Und geben uns still ein Versprechen. Wer glaubt nicht an Versprechen, die in der Stille gegeben werden?

42. Der ewig Unerfahrene

Die Sache, die man Erfahrung nennt, ist das Produkt des Erleb-
ten multipliziert mit Null. Ich war verliebt in die Erfahrung und
bin ein ewig Unerfahrener geworden. Mein Erlebtes hat nichts
gebracht, außer meine Emotionen zu vervielfältigen. Je mehr
Emotionen ich hatte, desto schwächer wurden sie. Die aber, die
nicht schwächer wurden, haben sich verwandelt. Dinge, die
mich früher berührten, regen mich heute auf.

43. Trauer stört die Ordnung

Während der regulären Arbeitszeit sollte ein Toleranzspielraum für das Vergnügen eingeräumt werden, nicht für die Trauer. Aber weil das nicht so ist, gibt es Sonderurlaub bei einem Todesfall in der Familie. Wer einen nahestehenden Menschen verloren hat, ist nicht einsatzfähig, solange er trauert. Er soll außerdem nicht im Weg herumstehen. Heiß begehrt ist der Typ von Mensch, der sich an seine Arbeit klammert, um seinen Schmerz zu vergessen. Wir klammern uns alle an etwas: um unseren Schmerz zu vergessen oder weil wir ihn bereits vergessen haben.

44. Tanz im Sumpf

Was ist es, das mich aufsaugt und langsam erstickt? Es sind die schönsten Dinge, die Dinge, die ich am meisten liebe, die praktischsten Dinge. Es sind die Dinge, die am hellsten leuchten, doch in ihrem Kern schon erloschen sind. Wir tanzen in einem Sumpf, während wir die ersticken, die uns daran erinnern, dass wir versinken. Die Gerechtigkeit des Jüngsten Gerichts: Dieser Tag steht uns allen bevor.

45. Schlussrede

Der Mensch besteht aus mindestens drei Personen: ihm selbst, der Person, die er sein will, und einer dritten Person, die im Raum zwischen diesen beiden existiert. Und die am meisten echte Person ist diese dritte. Wenn du von der Person, die du gerne sein willst, dich selbst abziehst, ist die Person, die du als Differenz erhältst, dir am ähnlichsten. Sie ist weder so unzufrieden wie du selbst noch so imaginär wie die Person, die du sein willst. Und genau aus diesem Grund sind, wenn zwei Menschen sich ineinander verlieben, mindestens sechs an diesem Vorgang beteiligt. Und wenn du nicht herausfinden kannst, welche Persönlichkeit nach welcher Persönlichkeit, welcher Teil nach welchem Teil Sehnsucht hat, starrst du so lange an die Wand, bis die Zigarette, die du zu rauchen vergessen hast, dir deine Finger verbrennt.

Und dann beginnst du zu begreifen, warum dein Leben dir schon seit langer Zeit so erscheint, als sei es die Geschichte von jemand anderem. Wenn das schwache Licht der Straßenlaterne in das dunkle Zimmer scheint, wenn außer dem Ticken der Wanduhr kein weiteres Geräusch dir Gesellschaft leistet, wenn du wartest, als ob es ein Geheimnis gäbe, das sich nur dir nicht offenbart, verstehst du, dass du eigentlich vergebens wartest. Du verstehst, dass der einzige Wegweiser im Tunnel nur die Dunkelheit sein kann. Du verstehst, dass ein Kind, das nach seiner Mutter weint, meistens nach einem liebevollen Vater ruft. Du verstehst, wie eine unsichtbare Hand dich aufhalten kann, während du eigentlich gehen willst.

Dann schaust du dir 40-jährige Männer genauer an, die aussehen wie 60, und die beschlagenen Fenster der Kaffeehäuser, die den Blick nach draußen nicht zulassen … Du schaust Herumtreiber an und blinde Katzen. Drogensüchtige mit verrutschten

Pupillen, tote Fische, die an der Wasseroberfläche schwimmen, schaust du an. Raubvögel, die wirken, als würden sie in der Luft hängen, schaust du besonders aufmerksam an.

Erst dann treffen sich deine Blicke mit den Blicken der Menschen, die ihre Hoffnung verloren haben, da ihre Bemühungen nie zu einem Ergebnis führten. Wenn der Regen unbemerkt zu fallen aufhört, verstehst du, dass du eines Tages auch einer dieser zahnlosen alten Menschen sein kannst, deren Kinn sich nach innen flüchtet. Eines Nachts, ganz unvermittelt, während du Angst hast, mutterseelenallein zu sterben, und du darüber nachdenkst, ob deinen Leichnam die Nachbarn oder doch eher die hoch verehrten Beamten finden, verstehst du, dass niemand die Leere in deinem Brustkorb füllen kann, die in jedem Augenblick größer wird. Du hast den Wunsch, einen Geruch zu umarmen. Du verstehst auf einmal, wie verworrene Gedanken nach schweren, langen Tagen, die dir wie ein ganzes Leben erscheinen, deine Seele vergiften. Du verstehst die Erschöpfung, die sich nach einer großen Begeisterung breitmacht. Du verstehst, dass es unmöglich ist, ein einziges Wort zu sagen, ohne sich zu drehen und zu wenden, in einer Stadt, in der keiner die Wolken anschaut. Du verstehst, dass der Mensch vielleicht zum Dichter wird, wenn er nicht weiß, was er erzählen soll.

Und dann fängst du zu lachen an, bevor deine Tränen trocknen. Denn du weißt, niemand kann dich jetzt noch so leicht hinters Licht führen. Unglückliche zu betrügen ist schwer. Jeder weiß das. Unglückliche Menschen, die das Leben immer mit einem gewissen Argwohn betrachten, betrügt man nicht. Das gehört sich nicht.

46. Wem reichen wir unsere Hand

Fitzgerald sagte über Hemingway, als die beiden sich einmal nicht so gut verstanden: »Hemingway reicht den Menschen seine Hand. Aber nur denen, die über ihm stehen.« Ich schließe mich diesem Urteil über Hemingway nicht an. Aber das ist auch gar nicht das Thema, das mich interessiert. Aus diesem Satz könnte man ein Lebensprinzip ableiten. Es würde genügen, sich ab und an die Frage zu stellen: »Wem reichen wir die Hand und warum?«

47. Der Mann, der seiner selbst überdrüssig wurde

Wann haben wir aufgehört, wir selbst zu sein, um die Form anzunehmen, die andere von uns im Kopf haben? Wie weit haben sich die am meisten Rebellischen unter uns von sich selbst entfernt, während sie die Anstrengung auf sich nahmen, nicht die zu sein, für die andere sie halten? Das ist kein Problem, das sich Stück für Stück lösen lässt. Während man dieses Problem zu lösen meint, entsteht in Wahrheit ein heilloses Durcheinander. (Eine detaillierte Analyse dieses Themas gibt es in *Meine Welt war die Straße* von Juan José Millás.) Ich habe Folgendes verstanden: Wenn du beginnst, deiner selbst überdrüssig zu werden, ist das ein Anzeichen dafür, dass du auch anfängst, Persönlichkeit zu entwickeln.

48. Die nicht gelittenen Leiden des jungen Werthers

In Anbetracht unserer heutigen Leiden können wir uns unsere zukünftigen vorstellen. Wir können sogar davon ausgehen, dass unser gegenwärtiges Leid uns reifen lässt, und uns das Leid vorstellen, dem wir in Zukunft entgehen. Aber diese Vorstellung zu nutzen, um Vorsichtsmaßnahmen zu ergreifen, ist eine Sache, sie zu benutzen, um sich selbst noch tiefer ins Unglück zu stürzen, eine andere. Ich empfehle beides nicht.

49. Bier und Kaffee

Eines Tages werden wir uns begegnen und, obwohl wir wissen, dass es nicht bei Freundschaft bleiben wird, werden wir zunächst Freunde und erst dann ein Liebespaar. Einen Monat, sechs Monate, drei Jahre … Dann werde ich, an einem Abend oder Morgen oder um Mitternacht, natürlich nur wenn du mich bis dahin noch nicht verlassen hast, gehen, ohne auch nur zu sagen, warum. Weil ich das mit den Abschiedsreden einfach nicht hinkriege. Würde ich es hinkriegen, hätte ich vor sechs Jahren geheiratet. In meiner Phantasie konnte ich mir nicht ausmalen, wie ich mich wieder trennen sollte. Aber das ist jetzt ein anderes Thema. (Und ich – ich möchte hier anmerken, dass ich von Jonathan Safran Foer gelernt habe, dass ein »und« am Satzanfang diesem Satz einen göttlichen Ton verleiht und dass ich mich deswegen entschlossen habe, diesen Satz so zu beginnen – möchte dir einen Rat aus dem Herzen der Männerwelt geben: Wenn ein Mann eine solche freundschaftliche Trennungsrede halten kann, dann bleib ihm bitte fern. Das vermögen nur Männer, die ein so ausgeprägtes Selbstbewusstsein haben, dass sie auch mitten in der Nacht aufwachen und dich ohne jede Skrupel erstechen könnten. Sie sind keine Heranwachsenden mehr. Sie sind richtige Männer, die ihre feindlichsten Gefühle auf freundschaftlichste Weise ausdrücken können. Sie haben keine Angst vor Frauen.) Wie dem auch sei. Und du wirst dich scheiße fühlen. Zu recht. Und du wirst traurig sein. Und weil du traurig bist, werde ich traurig sein. Aber das werde ich mir nicht anmerken lassen. Und dann wirst du denken, ich hätte kein Gewissen, dafür aber ein Herz aus Stein. Du wirst mich für ein Arschloch halten. Diese deine Gedanken wirst du durch ein Sieb der guten Manieren sieben und das Ausgesiebte in eine Folge von SMS schütten. Und während ich deine SMS lese, werde ich denken:

»Ich glaube, ich bin nur auf diese Welt gekommen, um anderen das Herz zu brechen.« Später, so gegen 2 Uhr in der Nacht, wirst du mich unter Alkoholeinfluss anrufen, du wirst mich anschreien und das ganze Gift, das sich in dir angesammelt hat, loswerden. Aber da mein Kopf dann mit dem Gift dessen voll ist, was ich gerade schreibe, wird mich dein Gift nicht beeindrucken, und ich werde sagen: »Was hältst du davon, wenn wir morgen Nachmittag einen Kaffee trinken?« Und du wirst antworten: »Was hältst du davon, wenn ich morgen Nachmittag vorbeikomme und dich ersteche, du Bastard? Bipbiiiip …« Wie dem auch sei. Ich hasse es sowieso, außer Haus Kaffee zu trinken, ich trinke schon zu Hause ausreichend Kaffee. Der Grund, warum ich Kaffee vorschlage, liegt auch nur darin, dass ich Angst habe, nach Bier wieder emotional zu werden und dann an demselben Punkt weiterzumachen. Letzten Endes werden wir diesen Kaffee eines Tages in Frieden trinken, wir werden über dies und das reden, nachdem wir erkannt haben, dass wir auch ohne den anderen leben können (Tezer Özlü ist so eine schöne Frau). Zuletzt werden wir uns über einander und über das idiotische Verhalten, das wir bis dahin an den Tag gelegt haben, lustig machen können. Und dann werden wir sagen: »Ach, wie schön, lass uns das mal wiederholen.« Wir werden dem Straßenkind mit der vertrockneten und verkrusteten Rotze an der Oberlippe, das an unseren Tisch kommt, eine Packung Taschentücher abkaufen und dem Mann, der behauptet, nur für einen guten Zweck damit zu handeln, einen Kugelschreiber. »Taschentücher oder Kugelschreiber?«, werde ich dich dann fragen. Natürlich wirst du dich für den Kugelschreiber entscheiden. Und dann werden wir unserer unausgesprochenen Vereinbarung folgen, dieses Kaffee-Thema nie mehr in Angriff nehmen und unserer eigenen Wege gehen.

50. Das Recht, etwas falsch zu verstehen

Wenn wir etwas falsch verstehen, geben wir damit Hinweise auf unsere verborgenen Wünsche. Das ist der Grund, warum wir so eine tödliche Angst haben, etwas falsch zu verstehen.

51. Der Mensch wurde erschaffen, um verloren zu sein

Wir erfüllen uns einen Wunsch, werden aber nicht glücklich dadurch. Wir erleben nur eine vorübergehende Reflexion. Jeder Wunsch zieht einen zweiten nach sich. Und wir laufen blinden Wünschen sinnlos hinterher, da wir die genaue Reihenfolge nie kennen. Ziel, Zweck, Vision, Karriere … Künstliche Wortbildungen, die uns auf diesem sinnlosen Weg trösten sollen. Schopenhauer hat sich sehr einfach ausgedrückt: »Herzlich willkommen auf dieser Welt, ihr Idioten«, hat er gesagt: »Der Mensch wurde erschaffen, um verloren zu sein.« (Vielleicht hat man ihn auch deswegen viel zu lange verkannt. Zu einer Zeit, in der Kant unaufhörlich gelesen wurde, wurden von seinem Hauptwerk *Die Welt als Wille und Vorstellung* nur 200 Exemplare verkauft. Vielleicht ist der menschliche Verstand dem Komplizierten zugänglicher.) Wie dem auch sei. Schopenhauer hat erklärt: »Der Mensch ist mehr ein wollendes Wesen als ein denkendes. Und seine Wünsche haben kein Ende. Er hat mit seinem Verstand eine Welt erschaffen, aber sein Körper ist es, der diese Welt lenkt. Nicht sein Verstand, wie Kant behauptet. Und dem Körper ist ein blinder Wille eigen. Man weiß nicht, woher dieser Wille kommt, und auch nicht, wohin er geht.«

Joshua Ferris' Roman *Ins Freie* handelt genau hiervon. Ein Anwalt fängt einfach so an zu laufen. Er lässt alles stehen und liegen und läuft, bis er nicht mehr kann. Sein Körper hat seinen Verstand erobert, er läuft getrieben von einem blinden Willen. Und keiner weiß, woher dieser Zwang zu laufen kommt.

Wenn ein Wunsch immer einen weiteren nach sich zieht und wir am Ende sowieso nicht glücklich werden, wieso hören wir dann nicht einfach damit auf, uns etwas zu wünschen? Man weiß es nicht. Neulich nachts habe ich auf der Straße gewartet. Eingeschneit und vor verschlossenen Türen, stundenlang. Die Hunde kamen und bissen mich. Warum? Man weiß es nicht. In einem Stück von Koltès heißt es: »Der Mensch, der Nein sagt, ist immer noch ein bisschen glücklich.« Erst jetzt verstehe ich, was er damit sagen wollte.

Glückseligkeit ist ein Loslassen und gleichzeitig eine sehr selten anzutreffende Ruhe der Seele.

52. Was man von einem Zirkus erwarten kann

Ich hatte einen Freund, der Architektur studierte. Er war ein richtiger Filou. Eines Tages habe ich ihn um Rat gebeten. Ich habe gesagt: »Mein lieber Freund, ich bin auf dich angewiesen, gib mir doch mal einen Rat.« In dem Jahr war ich nach Ankara gezogen und wurde von ein und demselben Mädchen dreimal zurückgewiesen. Ich fühlte mich wie Weltraumschrott.

»Du solltest flüstern«, sagte er. »Wenn du willst, dass Frauen dir näher kommen, dann flüstere.«

»Warum?«, fragte ich.

»Weil Frauen immer alles verstehen wollen.«

Mir erschien dieser Rat einleuchtend. Und so flüsterte ich bei unserer nächsten Begegnung: »Die menschliche Willenskraft ist wie ein Gebäude aus Stahl. Nur wurde dieses Gebäude auf Treibsand errichtet. Eine leichte Erschütterung genügt, um es zum Einsturz zu bringen.« Auch diesen Spruch hatte ich von meinem Architektur-Freund.

»Was hast du gesagt? Ich hab dich nicht verstanden«, sagte sie.

»Wenn ich bei dir bin, fühle ich mich wie ein guter Mann«, fuhr ich in derselben Tonlage fort. »Ich fühle mich wie ein guter Anwalt, sofern ein Anwalt überhaupt gut sein kann.« Zu diesem Zeitpunkt verteilte ein Freund, der Medizin studierte, Promotion-Taschen für Pharmaunternehmen. Mir schenkte er auch eine solche Tasche. Und immer wenn ich mit dieser Tasche unterwegs war, fühlte ich mich wie ein Anwalt, aber das konnte ich ihr natürlich nicht sagen. »Und ich fühle mich wie ein Arzt, wenn ich bei dir bin«, fügte ich hinzu. »Ärzte verlieren immer. Gibt es einen noch hoffnungsloseren Beruf auf dieser Welt? Hemingway sagt in *Der alte Mann und das Meer*: ›Der Mensch wurde erschaffen, um besiegt zu werden.‹ Ärzte wurden erschaffen, um besiegt zu werden. Und ich wurde für dich erschaffen. Wenn alles still ist, bin ich hier, um mit dir zu reden. Und ich werde immer hier sein.«

»Ich verstehe dich nicht, was faselst du denn da so, tuschel tuschel, hör jetzt bitte auf, wie ein Bauchredner zu reden.« Seit diesem Tag hasse ich Bauchredner.

An jenem Abend habe ich mir auf dem Heimweg sechs Flaschen Rakı gekauft. Sechs Tage lang habe ich Rakı getrunken. Dann beschloss ich, in den Zirkus zu gehen. Weil: Wer sich im Zirkus amüsiert, kann kein Alkoholiker sein.

Was man von einem Zirkus erwarten kann: dass die Routine gestört wird. Ich wartete, während der Mann mit dem Bären kämpfte, dass der Bär ausrasten und ihm eine mit der Kralle verpassen würde. Ich wollte, dass der Clown seine Jonglierkeulen fallen ließ. Ich wollte, dass der Feuerspucker verbrannte. Am Ende habe ich mich im Zirkus nicht amüsiert.

Am nächsten Tag habe ich es mit dem zoologischen Garten im Atatürk Orman Çiftliği versucht. Dort gab es eine sieben Meter lange Python hinter sechs Meter langem Glas. Ein Meter war auf die gegenüberliegende Seite ihres Raumes geknickt. Sie bewegte sich überhaupt nicht und interessierte sich auch für niemanden, der sie ansah. Ich habe meinen Kopf an das Glas gelehnt und ihr zwei Stunden tief in die Augen gesehen. Die Python hat gewonnen.

Ich bin ins *Nefes* gegangen und habe mir ein Bier bestellt. In dieser Nacht habe ich von der Python geträumt. Wir waren auf einer riesengroßen Waage – in einer Waagschale ich, in der anderen sie. Wir waren im Gleichgewicht, als wögen wir gleich viel. Danach habe ich darauf gewartet, dass die Tage vorbeigehen und die Erinnerungen sich in Sperrmüll verwandeln, der im Regen schluchzt. Aber manche Erinnerungen können tödlich sein. Letzten Endes war das Trojanische Pferd auch eine Erinnerung. Es wurde als Erinnerung akzeptiert und in die Stadt gelassen. Und ich hätte in meinen Träumen sterben können.

Wenn zwei Menschen einander lieben, wog dann je auf diesem Planeten die Liebe des einen so viel wie die des anderen? An die Idee der Gleichheit glauben wir am meisten, wenn wir verliebt sind. Wir brauchen diesen Glauben dann aber auch am meisten.

53. Eine verschwommene Erinnerung

Ich glaube, ich war sieben Jahre alt. Der Nachbarsjunge und ich haben uns geprügelt, auf dem Grundstück neben unserem Haus. Nicht nur so mit Fäusten und Tritten, sondern richtig fies mit an den Haaren ziehen, beißen, anspucken, Sand in die Augen schleudern. Ein richtiger Kampf eben. Warum, daran erinnere ich mich nicht mehr. Der Sohn des Krämers, der damals um die 20 war, riss uns auseinander, hielt jeden von uns fest am Arm und sagte genau diesen Satz: »Wer sich streitet, den verprügle ich.« Ich habe lange über diesen Satz nachgedacht. Er wollte also den verprügeln, der sich streitet. Nach ungefähr ein bis zwei Monaten habe ich den Sohn des Krämers auf der Straße gesehen – übel zugerichtet und keinen einzigen Zahn mehr im Mund. Ihn hatte jemand anders verprügelt. Auch an den Grund dafür erinnere ich mich nicht mehr. In dem Alter bleiben im Gedächtnis sowieso mehr die Ergebnisse haften als die Gründe. Es ist wirklich keine Übertreibung, dass er keinen einzigen Zahn mehr im Mund hatte. Und es ist schrecklich, dass ein Zwanzigjähriger alle seine Zähne verliert. Warum sie ihn wohl so zusammengeschlagen haben? Weil er sich gestritten hatte? Letzten Endes findet sich im Leben eine immer noch gewalttätigere Instanz. In dieser Welt gibt es keinen Gipfel der Gewalt, und wenn es ihn gibt, dann ist er so hoch, dass wir ihn nicht mehr sehen.

54. Den Henker bestechen

Şevket Süreyya Aydemir erzählt am Anfang von *Suyu Arayan Adam* von einer Kindheitserinnerung: Sie hatten einen Nachbarn, der, als er sich den Gangstern ergab, den Kragen seines Pelzmantels umknickte, damit der Henker ihn mühelos köpfen könnte. Das erinnert ein wenig an die Geschichten von Männern, die ihren Henker bestechen. Auch in dem Roman *Suskunlar* von Ihsan Oktay gibt es eine solche Passage. Ein Mann schenkt dem Henker einen Hahn, damit er seinem Leben ein kurzes und schmerzloses Ende bereitet. Welch eine Ironie! Sokrates hat als Erster die Ironie als Dialogform genutzt. Er wollte seinen Gesprächspartnern signalisieren, dass er durchaus offen dafür wäre, über Dinge zu diskutieren, deren er sich eigentlich bereits sicher war. Deshalb stellte er ihnen Fragen. Kurz vor seiner Hinrichtung sagte er: »Ich schulde Asklepius noch einen Hahn.« Der Vater der Ironie ist mit einer offenen Schuld von uns gegangen.

55. Tod, Trauer und Mord

Eine allgemeine Annahme: Der Tod ist eine Angelegenheit, die traurig macht. Der Grund für diese Trauer ist nicht klar. Es gibt ein Buch von Philippe Ariès, *Die Geschichte des Todes*. Ich selbst habe das Buch nicht gelesen, aber ich habe eine Rezension gelesen. Ariès sagt, dass die Menschen erst ab dem 19. Jahrhundert begonnen haben, den Tod als etwas Trauriges zu akzeptieren. Der Tod hat sich nicht nur in etwas Trauriges, sondern zugleich auch in etwas Düsteres und Beschämendes verwandelt. Daraus folgend wurde der Tod zu einer Sache, die man gerne vergessen will, die verneint und unter den Teppich gekehrt wird. Wir leben und man lässt uns in einem Seelenzustand leben, der uns vorspiegelt, dass wir nicht sterben werden. Ein Verwandter von uns zum Beispiel ist 75 Jahre alt. Er hat sich letztes Jahr einen Kombi mit »49 Jahren Garantie« gekauft. Das erzählte er uns, um mit seinem Kombi anzugeben. »Häng die Garantieurkunde an einen Platz, an dem sie alle sehen können«, habe ich gesagt.

Früher waren Friedhöfe im Zentrum der Stadt. Heute werden sie weiter außerhalb errichtet. Denkt man an die Lage des Cebeci-Asrî-Friedhofs, auf dem kein Platz mehr ist, und des Karşıyaka-Friedhofs, der noch immer in Betrieb ist, kann man sagen, dass die Menschen früher mit dem Tod zusammenlebten. Es gibt ein Gebot, das besagt: »Euer Haus soll nah am Friedhof und fern einer Moschee sein.« Euer Haus soll nah am Friedhof sein, damit ihr den Tod und das Jenseits immer Kopf habt. Fern von der Moschee, denn jeder Schritt, den ihr zum Gebet geht, wird euch als gute Tat angerechnet. Achtet einmal darauf, in welch kleinen Schritten alte Menschen zur Moschee gehen.

Vielleicht ist der Tod im Alltag in Vergessenheit geraten, nachdem man begonnen hat, ihn als etwas Trauriges hinzunehmen. Wenn der Tod etwas so Trauriges ist, müsste Mord dann nicht noch viel trauriger sein? Woher finden wir dann diese Kaltblütigkeit, an einen Mord heranzugehen wie an ein Schwedenrätsel? Vielleicht ist der Tod, je mehr wir ihn vergessen haben, auch als eine Komponente des Mordes in den Hintergrund geraten und das Rätsel (Wer ist der Mörder?) statt seiner in den Vordergrund.

Thomas de Quincey schrieb in *Der Mord als eine der schönen Künste betrachtet*: »Die Menschen sind nun dahintergekommen, dass es für die schöne Komposition eines Mordes mehr bedarf als eine dunkle Straßenecke, ein Messer und zwei Idioten, von denen einer den anderen umbringt.« Das hat er im Jahr 1827 zu Papier gebracht. Wenn wir die seither vergangene Zeit und die seither begangenen Millionen Morde mit in die Rechnung aufnehmen, gibt es heutzutage keine Waage, die das dramatische Gewicht eines Mordes noch messen kann. Heute ist nicht mal mehr ein Mord durch Messerstecherei in einer dunklen Straßenecke dramatisch genug, um eine Nachricht auf der dritten Seite wert zu sein.

Und außerdem muss auch einmal darüber diskutiert werden, warum Seite-Drei-Nachrichten eigentlich Seite-Drei-Nachrichten sind. Warum nicht Seite zwei oder Seite vier, sondern Seite drei? Ich habe lange über dieses Thema nachgedacht. Seite zwei geht nicht. Auch wenn Seite zwei eine noch so zentrale Seite ist, ist sie eine der am schwierigsten zu lesenden Seiten. Wenn nach dem Umblättern der Seite eins die Zeitung nicht zum Weiterlesen zusammengelegt wird – und eine große Mehrheit legt die Zeitung nicht zusammen –, dann gehen die Beiträge auf den linken Seiten etwas unter, weil die auf den rechten Seiten besser zu lesen sind, da sie besser im Blickfeld liegen. Daraus folgend muss, was leicht zu lesen sein soll, auf einer ungeraden Seitenzahl stehen. Warum dann nicht Seite fünf? Weil Seite fünf zu weit in der Mitte ist. Ich denke, dass die Seite drei als eine Art Ruhepunkt zum Durchatmen vorgesehen sehen ist, bevor man mit der Fortsetzung der Meldung von Seite eins beginnt.

56. Schüler verprügeln als eine der schönen Künste betrachtet

Vor einigen Jahren eine Nachricht: Eine Schülerin in der Grundschule kann an der Tafel eine Aufgabe nicht lösen. Der Lehrer verpasst ihr daraufhin einen Tritt und bricht damit dem Mädchen das Bein. Sämtliche dritte Seiten quollen von Versionen dieser Nachricht über, und sie schaffte es sogar ins Fernsehen. Ich habe sie alle verfolgt, und in allen lag die Betonung auf Folgendem: »Sie konnte die Aufgabe, die der Lehrer ihr stellte, nicht lösen.« Die Botschaft dieser Nachricht, die die Kinder mitnehmen sollen: »Lernt fleißig, beantwortet brav alle Fragen, die euch eure Lehrer stellen, sonst bekommt ihr einen Tritt verpasst. Hier das Beispiel.«

In der Mittelstufe hatte ich einen Lehrer. Ich habe vergessen, welches Fach er unterrichtete. Er behauptete, wenn wir wollten, könnten wir Armenien in eineinhalb Stunden erobern. Jede Unterrichtsstunde dasselbe Thema. Er war besessen von der Eroberung Armeniens. Und zu dieser Zeit war der Völkermord an den Armeniern kein Thema, über das man so offen sprechen konnte wie heute. Und zum Glück war das damals so, denn sonst hätte dieser Lehrer wirklich durchdrehen können. Wie dem auch sei … Eines Tages hat er die schriftlichen Noten vorgelesen, und ich erinnere mich immer noch nicht, welches Unterrichtsfach das war. Aber ich hatte 91 Punkte erreicht. »Hat jemand etwas gegen seine Note einzuwenden?«, fragte er. Nur um ihn zu provozieren hob ich die Hand. »Was hast du geschrieben?«, fragte er.

»91.«

»Mein Kind, warum beschwerst du dich?«

»Warum nicht 90, sondern 91? Woran haben Sie das gemessen?«

»Komm!«

Ich bin zu ihm gegangen. Er verpasste mir eine Backpfeife. Dann zeigte er mit seinem Finger auf meinen Platz, und ich setzte mich hin. Das war seine ganze Erläuterung zu diesem Thema.

Viele Jahre sind vergangen, und ich habe in Antalya Tourismus studiert. Ich weiß nicht mehr, um welche Bauchschmerzen es ging, es war so etwas Bescheuertes wie Front-Office-Management oder Finanzanalyse. Auf jeden Fall ein Fach, in dem ich drei Jahre in Folge scheiterte. Im dritten Jahr habe ich 58 Punkte erreicht, aber man benötigte 60, um weiterzukommen. Meine Freunde sagten: »Leg Widerspruch ein!« Ich bin zur Schulverwaltung und habe meinen schriftlich begründeten Widerspruch abgegeben. Dabei habe ich permanent nach links und rechts geschaut, als würde gleich einer kommen und mir plötzlich eine klatschen.

57. Auch RoboCops haben Angst

Die Aufgaben der Lehrer, die in der Grundschule und in der Mittelstufe unterrichten, übernehmen an Universitäten Polizisten und private Sicherheitskräfte. Als ob das alle gemeinsam bei einer Lehrerkonferenz beschlossen hätten und sagen wollten: »Die sind schon so groß wie Esel, die können wir nicht mehr so einfach verprügeln, lasst uns da mal Professionelle dazuholen.« Nachdem ich das Tourismus-Studium abgebrochen hatte, ging ich ans DTCF. Eines Tages, wir saßen in dem berühmten Innenhof der Uni, der, eingeschlossen von Gebäuden, an den Innenhof eines Gefängnisses erinnert, sagte ein Freund zu mir: »Ich hab voll Appetit auf Chicken Nuggets. Ich geh mal zu der Kantine hinten.« »Geh nicht«, hab ich gesagt. Die Kantine hinten gehört den Nationalisten, der Innenhof den Linken, jeder hält sich auf seiner eignen Müllhalde auf, man muss die Grenzen jetzt nicht verletzen. Unser Freund wollte nicht hören. »Mich kennt hier keiner, mir passiert schon nichts«, sagte er noch im Gehen. Drei Minuten später kam er zurück. Sein halbes Ohr baumelte in der Luft, sie hatten ihn mit einem Hackmesser angegriffen. Kein Scherz, ein richtiges Hackmesser, wie Fleischer es benutzen. Die Chicken Nuggets blieben in der Kantine. Plötzlich ging ein lautes Getöse los. Der Stein- und Sodaflaschen-Weitwurf hatte begonnen. Die Besonderheit an Sodaflaschen ist, dass sie, geschüttelt geworfen, an ihrem Ziel explodieren. Die Mädchen tragen die Munition und die Jungs bewerfen den hinteren Hof. Eine solche geschlechtspezifische Arbeitsteilung haben sie eingeführt. Ich sagte zu mir selbst, dass ich auch mal einen Stein gegen den Faschismus werfen könnte. Also schaue ich auf den Boden, aber ich finde keinen Stein in passendem Format. Da liegen nur riesengroße Steine herum. Wo sie die herausgerissen haben, weiß keiner. Sie sind von einer Dimension, dass man sterben kann, wenn man damit getroffen wird. Was ich suche, ist mehr einer von mittlerer Größe. Wenn er trifft, soll er maximal eine Platzwunde am Kopf verursachen. Endlich hatte ich einen Stein nach meinem Wunsch gefunden, warf ihn und traf einen anderen Freund damit am Rücken. Also der Typ kämpft vorne gegen die Faschos und kriegt hinten von mir auch noch einen Stein reingedonnert. Schließlich kam die Sondereinsatzgruppe der Polizei. Sie positionierten sich vor dem Eingang, zogen ihre Gasmasken auf und machten sich bereit hineinzukommen. Ich hab den Leiter der Sondereinsatzgruppe angesprochen und gesagt: »Werft keine Gasbomben rein.« »Warum nicht?«, fragte er. »Weil meine Augen schrecklich tränen und ich keine Luft mehr kriege«, sagte ich. Seit neun Jahren bin ich Student, und der Leiter der Einsatzgruppe ist jünger als ich. Er hat gelacht. Um in den Innenhof zu gelangen, muss man eine Treppe mit 20 Stufen überwinden. Wir sind oben, die Polizisten unten. Strategisch gesehen sind wir in einer besseren Position und haben eine Chance zu verhandeln. Wir werfen keine Steine und ihr keine Gasbomben, errichtet in der Mitte eine Pufferzone – ein recht einleuchtender Plan für einen Waffenstillstand. So, nun gibt es einen Plan für die Waffenruhe, aber keine Kultur für Verhandlungsgespräche. Wie dem auch sei, der Staat verhandelt nicht, haben sie gesagt und den ganzen Innenhof in einer Gaswolke erstickt. Und weil sie die von unten nach oben geworfen haben, sind die Gasbomben direkt an unseren Ohren vorbeigeflogen. Es herrschte eine Art *Der-Soldat-James-Ryan*-Rettungsatmosphäre. Sie kommen langsam die Treppen hoch. Sie machen einen Schritt, warten, machen dann den nächsten. Ich hab einen der Polizisten angesehen, seine Hand, in der er seinen Schutzschild hielt, zitterte. Vor Angst. Das zu sehen, tat gut, denn bis dahin dachte ich, RoboCops hätten keine Angst, nur ich hätte welche.

DTCF: Fakultät *Dil ve Tarih-Coğrafya* der Universität Ankara

58. Die Militärerinnerungen eines Musterungsverweigerers

Jeder Türke wird als Soldat geboren, sagt man. Aber einige werden auch als Musterungsverweigerer geboren. Ich habe einen Freund, der in die Forschung ging, um nicht zum Militärdienst zu müssen. Er erzählt immer von Erinnerungen an den Militärdienst, die er allerdings von jemand anderem gehört hat. Warum Männer, die nie beim Militär waren, Erinnerungen an eine solche Zeit haben, damit sollte man sich im Übrigen mal genauer befassen. Wie dem auch sei … In der Division vom Freund meines Freundes, der beim Militär war, gab es einige Jungs, die sich freuten, wenn sie vom Unteroffizier Prügel bezogen. Mit Mundwinkeln bis zu den Ohren haben sie sich den ganzen Tag über die eingesteckten Prügel gefreut. Warum? Wir haben lange darüber nachgedacht, aber keine Antwort gefunden. Es ist ein für sämtliche Deutungen offenes Verhalten. Vielleicht dachten sie, sie werden ernst genommen oder der Platz, den sie in dieser Welt ausfüllen, hat eine Bedeutung oder ihre Existenz wird bewiesen, wenn sie Prügel beziehen. Ich weiß es nicht. Aber achtet mal auf die türkische Ausdrucksweise für »Prügel beziehen«, die wörtlich »Prügel essen« bedeutet. In welcher anderen Sprache gibt es denn so eine Ausdrucksweise: Als Vorspeise einmal Prügel bitte.

59. Du kannst weiter frühstücken

Verheimlicht Kindern nichts, was alle anderen schon wissen. Denn dann fühlen sie sich von dieser Welt ausgestoßen. Und dieses Gefühl fügt ihnen mehr Schaden zu als die Dinge, die wir vor ihnen zu verheimlichen versuchen. Ein Kind hat das Recht, zu denken, es sei ein Vogel. Natürlich ist das auch nicht ganz ungefährlich. Vor allem, wenn es gerne sinnlos auf dem Balkon sitzt, der nach hinten rausgeht.

An einem kühlen und ruhigen Morgen haben wir auf dem Balkon gefrühstückt. Deine Haare durcheinander, deine Augen verschlafen. Du musstest gar nichts tun, um mein Herz zu gewinnen.

In mir hatte sich eine große Beklemmung breit gemacht an diesem Morgen. Erinnerungen und Dichter, schlechte Wohnungen und Seitenstraßen, ich war von Polizisten und Sondereinsatzkräften grob behandelt worden. Ob sie mich des Landes verwiesen oder ich auf eigenen Wegen das Land verlassen würde, wusste ich nicht. Aber es war klar, dass eine Hidschra nötig war. Ich wollte auf die Reset-Taste meines Lebens drücken, alles neu überdenken, jedes Detail neu interpretieren, mich an jeden Mist von Neuem gewöhnen. Und gleichzeitig drehte ich sinnlos mein Teeglas in einer Hand. Ich wollte etwas ganz Einfaches sagen. Einfach, aber unvergesslich. Und ich hätte es jeden Moment sagen können. Zu der Zeit hat mein Mund unheimlich viele Worte produziert. Ich war damals so kummervoll und so blöd, als würde ich außerhalb der Zeit existieren. Doch ich konnte einfach nicht mit dir sprechen. Wenn du mir gegenüber warst, dann schämte ich mich, ich wurde ganz klein, ich schrumpfte zusammen, ich hatte das Bedürfnis, in meine Notizen zu schauen.

Es gibt eine Stille, die einen Menschen durchlöchert. Diese Stille ist schlimmer als Geschrei, das die Nacht durchbricht.

Und du hast verstanden, was ich in dieser Stille sagen wollte, denn auch du wolltest als Kind ein Vogel sein. Es hat gedauert, zu lernen, wie man Leid erträgt, ohne sich zu beschweren und ohne einen Aufstand zu machen. Und als du mich verstanden hast, hast du mich mit so einer Güte angesehen, als würden deine Augen meine Haare streicheln, als würden deine Augen meine Hände halten, als würde dieselben Augen sagen: »Du kannst weiter frühstücken.«

Heute Morgen hat ein Kind »Es brennt!« aus dem Fenster gerufen. Dann ist es losgerannt und hat sich ins Meer geworfen. Wenn du es müde bist, immer auf Leichen zu laufen, kannst du auch denken, dass du ein Fisch bist.

Hidschra bezeichnet die Auswanderung des Propheten Mohammed von Mekka nach Medina und markiert gleichzeitig den Beginn der islamischen Zeitrechnung.

60. Lenk uns ab, Welt

Wenn du deine Augen auf eine Uhr richtest und nicht dem Sekundenzeiger, sondern dem Stunden- und Minutenzeiger folgst, dann bedeutet das, dass deine Träume den Bach runtergehen. Aber das ist im Grunde nicht so schlimm, wie es aussieht. Im Grunde ist jemand, der sinnlos eine Uhr anstarrt, auch nicht so blöd, wie er aussieht. Du bist nicht von dieser Welt. Um von dieser Welt zu sein, musste ich aufhören, wie ein Idiot auszusehen, und mir etwas suchen, womit ich mich ablenken kann. Lenke mich ab, Welt, hätte ich sagen sollen. Lenke mich ab mit dem Fernsehen, lenke mich ab mit dem Internet, lenke mich ab mit Drogen, lenke mich ab mit Literatur. Lenke mich ab mit Alkohol, Pornos und Nescafé. Und während du mich ablenkst, lass mich spüren, dass du mich berührst; kraul meinen Rücken, streichle mir die Haare. Lenke uns ab, Welt, lass uns unsere Traurigkeit und unser elendes Dasein vergessen.

Im Wohnzimmer stand eine Uhr. Die habe ich mir auf den Schreibtisch gestellt. Die erste Uhr, die ich mir auf den Schreibtisch gestellt habe. Sie hat keinen Sekundenzeiger. Ab und zu schaue ich sie an. »Lenk mich ab«, sage ich. Pessoa beschreibt einen Weisen folgendermaßen: »Ein wahrer Weise hat innerlich so eine Haltung eingenommen, dass ihn die Ereignisse, die von außen kommen, minimal beeinflussen.« Solche Weisen gibt es nicht mehr. Wir haben kein Innenleben mehr, das wir vor den Bombardements durch die Außenwelt retten könnten. Es sind nur noch einige exzentrische Typen übrig geblieben, deren Recht, in Ruhe gelassen zu werden, nicht verletzt wird.

61. Lass mich früh sterben

Nimm mich und bring mich aus der Zeit. Umarme mich ein bisschen, schütze mich ein bisschen, küss mich ein bisschen und dann lass mich wieder auf die Straße. Halte meine Hand, füge mich Dingen hinzu, die gar nicht existieren, und rette mich aus dem Sumpf meines Verstandes. Nimm mich und bring mich vor das Angesicht Gottes, damit ich zu ihm sagen kann: »Gott, ich kann jederzeit an einen Gott glauben, der mich so akzeptiert, wie ich bin.« Und er dann zu mir: »Dann nimm deine Beine in die Hand und unterhalte dich mit dem Teufel. Was hast du bei mir verloren, gütiger Gott … Wer hat den hier reingelassen? Schaut euch diesen Megalomanen an!« Noch während er das so sagt, lass uns zum Teufel gehen. Und dann sag du zum Teufel: »Teufel, Bruder, eigentlich warst du auch ein Engel, aber einer mit großem Machthunger. Letztendlich ist das, was den Teufel zum Teufel macht, das Streben nach Macht. Vermisst du die alten Tage?« Und der Teufel zu dir: »Wie alt bist du, meine Schöne?« Und du: »34«, obwohl du schon 35 bist. Dann füllen die Augen des Teufels sich unbemerkt mit Tränen, und er schickt uns wieder zurück in die Zeit. Lass uns eine Pause machen, Tee trinken, auf die Nacht warten. Nimm mich in dieser Nacht und schleudere mir den ganzen Schmerz deiner Geschwister entgegen; dann verbinde deine eigenen Wunden. Lass mich ein bisschen still sein, sei kalt zu mir und sei ein bisschen wie meine Tante. Wenn wir noch die Kraft haben zu reden, sind unsere Tränen eine Lüge. Wirklich jetzt. Nimm mich und mach mich ein bisschen betrunken; schmücke dein Haar mit mir und renne auch ein wenig hinter dem Regen her. Nimm mich, lass mich früh sterben, damit der Schmerz nicht lange hält.

62. Bescheidene Wahrheiten

In jener Nacht bin ich hinter bescheidenen Wahrheiten her. Ich möchte nichts, was ich nicht wissen muss, erfahren. Ich warte auf eine kleine, aber kritische Aufgabe. So wie ein Kind, das ein Agent sein möchte. Den ganzen Tag bin ich draußen in der Kälte herumgelaufen, damit meine Gefühle erfrieren. Ich möchte kleine Lektionen lernen. Bescheidene Lektionen, die einem nur solche Menschen erteilen, die nicht von oben herab schauen. Wer hat den Schraubdeckel erfunden? Wie ernähren sich die fleischfressenden Raupen, die auf Hawaii leben? Bla bla bla.

Außerdem möchte ich auf das, was ich erlebte, blicken, als sei es eine Geschichte. Als hätte ich, wenn ich mein Leben wie eine Geschichte betrachte, eine Chance, zurückzublättern und Korrekturen vorzunehmen.

Später kam sie. Etwas schüchtern und sehr schön. Sie setzte sich neben mich und schwieg. Ich habe Stille gesehen, die für Wut stand. Stille für Verständnis ... Stille für Akzeptanz ... Stille für Reue ... Stille für Bewunderung ... Aber hinter ihre Stille kam ich nicht.

»Wie einen Agentenbericht habe ich aufgeschrieben, was ich den ganzen Tag erlebt habe«, sagte sie als Erstes. Später reichte sie mir ein Blatt Papier. Folgendes stand darauf: »Hat 24 Zigaretten geraucht, sechs Flaschen Bier getrunken ... Hat Radio gehört. Hat acht Mal geseufzt. Hat heimlich geweint, 12 Milligramm.«

Bis zum Morgen haben wir dort geredet. Sie hatte sehr vornehme Sorgen. Der Verschluss ihres Armbands klemmte. »Manchmal, wenn wir miteinander reden, fühlt es sich für mich so an, als würden wir uns berühren«, sagte sie in einem Moment. »Als würden wir nicht reden, sondern uns umarmen.«

Danach haben wir uns nie mehr gesehen. Denn wir haben uns Fragen dieser Art auch nicht gestellt. Wir waren ganz anders

drauf. Wir waren die Einzigen, die sich die Songs im Hintergrund anhörten, während alle anderen versuchten, jemanden rumzukriegen.

Es gibt Momente der Verletzung, deren Dimension wir am Anfang nicht ganz erfassen können. Mit der Zeit verwandeln sie sich in zerstörerische Gefühle. Wie Projektile, die man im ersten Moment mit der Wärme der Verletzung nicht spürt. In diesem Zustand macht »ein wenig Zeit« alles viel schlimmer. Es sind nie die großen Probleme, die uns zu Boden werfen. Uns wirft der Zucker zu Boden, der zu Hause ausgegangen ist. Das verlorene Buch wirft uns zu Boden oder der Stromausfall. Und in jener Nacht lagen wir auf dem Boden. So waren wir drauf.

Jetzt schaue ich von oben nach unten auf asphaltierte Straßen, die sich wie schwarze Schlangen winden. Ich schaue auf Bäume, die sich ins Leere strecken wie zwischen Felsen hindurch oder wie Kinder, die sich zu weit vom Balkon lehnen. Als würden sie sich von ihren Wurzeln befreien und mit der Luft vermischen wollen.

Manchmal sitze ich wieder an dieser Stelle. Aber natürlich ist der Geschmack jener Nacht nicht mehr da. Ich warte darauf, dass die Worte kommen und mit mir reden. Aber die kommen auch nicht. Manchmal höre ich es ein- oder zweimal flüstern, das ist alles.

»Warum macht es uns traurig, wenn wir verstehen, dass wir eigentlich gar nicht so wichtig sind?«, fragte sie in dieser Nacht. »Müsste das nicht ein Moment einer grundlegenden Erleuchtung sein? Sie haben uns glauben lassen, dass wir wichtige Menschen sind. Und dann sind sie einfach gegangen.«

Danach ist sie gegangen. Ja. Wir haben das Bedürfnis, uns wieder zu erinnern, dass wir unwichtige Menschen sind.

63. Der Baum, der Ahmet tötete

Ahmet war der beste Mann im Dribbeln, den ich in meinem ganzen Leben kennengelernt habe. Manchmal hat er den Ball sogar zur Seitenlinie geschossen, um nicht jeden Ball bis ins gegnerische Tor zu dribbeln. Seine Mutter war krank. Sie ist eines Nachts gestorben. Am nächsten Tag haben wir als seine Freunde beschlossen, auch so zu weinen, als sei unsere eigene Mutter gestorben. Wir wollten nämlich nicht, dass Ahmet aufgrund dieses schmerzhaften Verlustes mit dem Fußball aufhört. An diesem Tag hat jeder mit Ahmet geweint. Nur ich nicht. Ich konnte mich einfach nicht so in dieses Gefühl hineinversetzen. Ich bin verschwunden und habe, um auszusehen, als hätte ich geweint, meine Augen gerieben, bis sie rot wurden, und bin dann wieder zurückgekommen. Auch in den darauffolgenden Tagen hat Ahmet mit dem Weinen nicht aufgehört. Und wir haben uns die Augen gerieben. Ich hatte auch den Jungs diesen Trick beigebracht. In diesen Tagen hatten wir immer rote Augen, wenn Ahmet uns sah. Eine Lüge in die Welt zu setzen ist einfach. Sie aufrechtzuerhalten erfordert Talent.

Jahre später, als ich während der Ferien aus Ankara nach Hause kam, habe ich Ahmet wiedergesehen. Er hatte sich ein Auto gekauft, einen *Kartal SLX*. Er bremste driftend vor mir ab, wir haben uns umarmt. »Spring rein, lass uns nach Çınarcık fahren«, sagte er. Ich sprang rein. Er fuhr Auto, wie er Fußball spielte. Er überholte links und rechts, scherte aus, er nutzte alle Möglichkeiten, die ihm die Straße und der Standstreifen boten, um jeden zu überholen. In Koruköy hat er bei einer schönen Aussicht angehalten. Während er einen Joint drehte, war ich Bier holen. Nachdem wir so richtig drauf waren, sind wir zur Kale-Disko gefahren. Aber ohne weibliche Begleitung haben sie uns nicht reingelassen. Wir haben eine gemeinsame Freundin angerufen. Sie kam und nahm uns mit rein. Irgendwie fühlten wir uns beide dazu verpflichtet, mit ihr zu flirten, aber sie war sehr hässlich. So hässlich, dass man Mitleid hatte. Sie ist nicht lange geblieben und gegangen. Sie hatte so ein reines Herz, dass sie wusste, dass wir uns verpflichtet fühlten. Nachdem sie gegangen war, sagte ich: »Ahmet, unsere Tränen damals ... das war eine Lüge.« Er verstand nicht, was ich meinte. Er hatte vergessen, dass wir mit ihm zusammen geweint hatten, als seine Mutter starb. Und ich verstand nicht, wie er so etwas vergessen konnte. »Ahmet,«, sagte ich, »das damals war eine große Selbstlosigkeit und ein großer Betrug. Du kannst nur im Alter von acht Jahren selbstlos und falsch gleichzeitig sein. Danach fliegst du auf. Guck, das Mädchen ist weg. Warum ist sie weg? Weil wir aufgeflogen sind. Weil sie wusste, dass wir sie nur anmachen, weil wir das Gefühl haben, ihr etwas schuldig zu sein.«

Drei Jahre später hat das hässliche Mädchen einen romantischen Buchhalter geheiratet und Ahmet ist auf der Straße nach Samanlık gestorben. Als er wieder mal ein Auto überholen wollte, hat er die Kontrolle über das Lenkrad verloren und ist in einen jahrhundertealten Baum gefahren.

Letzten Sommer saß ich mit meinen alten Freunden am Strand. Die Freunde, die falsche Tränen um Ahmets Mutter geweint hatten. »Steht auf«, hab ich gesagt, »wir gehen auf die Straße nach Samanlık und fällen den Baum, der Ahmet tötete.« Von einem Freund, der ein Fachgeschäft für Gärtnereibedarf hat, haben wir uns eine Kettensäge geliehen. Ein anderer Freund, er ist Ingenieur, hat uns in Winkel und Richtung eingewiesen, damit der Baum an den Straßenrand fällt und nicht auf uns oder mitten auf die Straße. Doch vom Krach der Kettensäge sind die Anwohner aufgewacht. Sie haben uns mitgeteilt, dass sie die Gendarmerie gerufen haben, und wir sind abgehauen.

Der Baum, der Ahmet tötete, steht da immer noch. Ahmet ist mit 130 Sachen in den Baum gefahren, wir haben ihn am Rand gestutzt, er hat sich etwas zur Seite geneigt. Aber er steht da hartnäckig wie eh und je. Jedes Mal, wenn ich an diesen Baum vorbeikomme, schaue ich ihn mit bitterer Wut an. Immer wenn ich eine Todesnachricht erhalte oder mich wie Scheiße fühle oder wenn ich versuche, einen Fehler wieder auszubügeln, und damit alles noch viel schlimmer mache, denke ich an diesen Baum. Für alle Jungs, die gut dribbeln können, für alle hässlichen Mädchen mit reinen Herzen: Eines Tages holen wir diesen Baum runter.

64. Die große Schwester von Ayşenur

Ayşenurs große Schwester ist an Lieblosigkeit gestorben. Mit 36. Einmal habe ich sie in der Küche gesehen, wie sie zwischen Töpfen und Pfannen weinte. An unpassenden Orten Schmerz zu erleiden verdoppelt den Schmerz. Weinen an einem Grabstein zum Beispiel, das wird leichter verstanden, niemand würde fragen, warum man weint. Von ihr blieb ein Foto. Es wurde bei einem Picknick gemacht. Wäre es doch besser nicht übrig geblieben! Sie wirkt hineingeklebt, als wäre sie im Grunde nicht da.

Wenn die Dinge nicht gut laufen, ist das Ding, das wir Vergangenheit nennen, ein Trümmerhaufen, und unsere Erinnerungen haben dann auch ein Verfallsdatum. Sie schimmeln, fangen an zu riechen, werden schlecht. Es kann kein Zufall sein, dass es um die Kinder, deren Eltern zum Ehemaligen-Verein Reis essen gehen, gut bestellt ist. Nur wenn du mit deiner jetzigen Situation zufrieden bist, kannst du dich auf Veranstaltungen, deren Organisation dich an die Vergangenheit erinnert, amüsieren. Wenn die Dinge nicht gut laufen, kannst du nirgendwo hingehen. Wer kann denn schon gehen, wenn er nichts hat, das er hinter sich lassen kann? Ein langer Spaziergang ins Nirgendwo, wer fasst den schon ins Auge?

Ayşenur war ein geheimnisvolles, rachsüchtiges und sehr schönes Mädchen. Vor Jahren hatte ich sie am Strand gesehen. Der Himmel war ganz zugezogen und dunkel an jenem Tag in den Winterferien. »Meinetwegen?«, fragte sie. Sie dachte, es läge an ihr, dass ihre Schwester gestorben war. Sie war verlegen, zögerlich, untröstlich. Ja konnte ich nicht sagen. In einem solchen Zustand ist Aufrichtigkeit die Waffe, die einen Menschen am schwersten verletzen kann. Wir erwarten dann auch keine aufrichtige Antwort. Wir erwarten eine Antwort, die uns nicht enttäuscht. Nein konnte ich auch nicht sagen. »Lass gut sein«, hab ich gesagt.

Der Regen hört auf, nur noch einzelne Tropfen fallen weiter von den Vordächern und Bäumen. Niemand kann diese Welt verlassen wie mit einem glatten Messerschnitt. Damit ein Mensch ganz und gar stirbt, darf es niemanden mehr geben, der sich an ihn erinnert. Geht man von dieser Rechnung aus, leben Millionen Tote in unserem Land. Wie Glühwürmchen sind sie von der Dunkelheit abhängig, damit sie sichtbar werden. Vielleicht kommen sie eines Nachts durch die Gitterstäbe der Fenster im Erdgeschoss, die an eine Gefängniszelle erinnern, und errichten einen leuchtenden Friedhofskiez. Später bewaffnen sie sich und verwüsten alles. Sie bringen alle um. Und weil dann alle tot sind, sind auch alle vergessen. Das Gleichgewicht ist wieder hergestellt. Und wenn es einen Gott gibt, ist er in dieser Nacht gezwungen, sich selbst zu opfern.

Ein Mensch kann das Fenster öffnen und rausspringen. Aber niemand kann das Fenster öffnen und »Habt Mitleid mit mir« schreien. Ayşenurs große Schwester ist aus dem vierten Stock gesprungen und eine Woche später im Krankenhaus gestorben. Immer, wenn ich an sie denke, muss ich auch an den Film *Hollow Man* denken. Eine unsichtbare Frau ist gegen eine unsichtbare Wand gelaufen, und niemand hat das gesehen.

65. Der Mann, der Heilung fand

Ein Mann hatte nur ein Ohr. Außer seinen nahen Verwandten wusste das so gut wie keiner. Damit es nicht auffiel, hatte er sich die Haare lang wachsen lassen, und mit ihnen bedeckte er beide Ohren, das existente und das nicht existente. An einem verregneten Abend, er hatte gerade Feierabend gemacht und war auf dem Heimweg, sah er an der Kreuzung einen alten Mann. Der Alte zitterte und hatte sich verirrt. In seiner Hand hielt er ein Stück Papier. Er hielt dieses Stückchen vom Regen zerknitterte Papier mit der verlaufenen Tinte so fest in der Hand, als sei es alles, was er in diesem Leben noch besaß. Auf dem Papier stand seine Adresse. Der Mann nahm dem Alten das Papier aus der Hand, und während er auf die Straßenlaternen zuging, um eine zum Lesen ausreichende Lichtquelle zu finden, wurde die Welt plötzlich ganz dunkel. Als er seine Augen wieder öffnete, lag er in einem Krankenhauszimmer. Ein Motorrad hatte ihn angefahren, und deshalb mussten sie ihm ein Bein abnehmen. Das wusste er allerdings noch nicht. Als er es erfuhr, war das Erste, woran er dachte, wie er das am besten verstecken konnte. Es war ihm durchaus klar, dass ein fehlendes Bein nicht so leicht zu kaschieren war wie ein fehlendes Ohr. Aber er spürte, dass er – wenn er nur lange genug darüber nachdachte – einen Weg finden würde, auch ein fehlendes Bein so aussehen zu lassen, als wäre es noch da. Seine Frau saß in einer Ecke des Zimmers und lächelte ihren Mann mit einer Traurigkeit an, die sie zu verheimlichen versuchte. Der Mann schimpfte wegen ihres gezwungenen Lächelns mit ihr und weil sie seinen Gedankenfluss störte. Anstatt ihn anzuschauen und zu lächeln, möge sie doch woanders hinschauen und weinen.

Der Mann hatte seinen Job gekündigt, dafür las er jetzt viel. Eines Tages traf er auf eine Zeile, die ihm half wie ein Medikament. »Wäre der Mensch einbeinig erschaffen worden, könnte er fliegen«, stand da. Denn wäre der Mensch mit nur einem Bein erschaffen worden, wären seine Arme wie Flügel geformt. Der Mann dachte lange über diese Theorie nach, und allmählich fing er an, sich in seinen Träumen fliegen zu sehen. Eines Nachts – wieder in so einem Traum – blieb er in einer Hochspannungsleitung hängen. Nur seine Arme erlitten eine Verletzung durch die Spannung. Sie baumelten am Strommast, während er von unten weinend nach oben blickte. Als er aus diesem Traum aufschreckte, beruhigte er sich erst, als er überprüft hatte, ob seine Arme noch da waren. Froh trocknete er die Tränen, die vom Traum geblieben waren, an der Außenseite seiner Arme. In der darauf folgenden Nacht hatte er einen noch seltsameren Traum. Dieses Mal flog er nicht. Er hatte zwei kerngesunde Beine und lief vergnügt eine Straße hinunter, während er sinnlos mit seinen Händen auf die Oberschenkel klatschte. Aber dann sah er, wie sich seine Arme plötzlich von seinem Körper trennten und in eine andere Richtung liefen. Auf sonnigen und belebten Straßen rannte er hinter seinen Armen her, konnte sie aber nicht einholen.

Vor lauter Schreck wollte er lieber gar nicht erst aufwachen. Um zu prüfen, ob die Arme noch da waren, wollte er mit einem Arm den anderen ertasten, aber er konnte es nicht. Seine Arme waren nicht mehr da, wo sie sein sollten. Er rief in Richtung Küche, wo seine Frau gerade das Frühstück vorbereitete: »Hast du meine Arme gesehen?« Weil die Dunstabzugshaube eingeschaltet war, verstand sie ihn nicht richtig, vermutete, dass er wieder nach seiner einen Socke suchte, und antwortete: »Da, wo du sie ausgezogen hast.« Seine Frau dachte, dass ein Einbeiniger, der eine Socke sucht, genauso schlampig sei wie ein Zweibeiniger, der beide Socken suchte, und regte sich darüber auf. Aber als sie ins Schlafzimmer kam und ihren Mann so sah, wurde sie starr vor Schreck. Sie stellten die ganze Wohnung auf den Kopf, aber sie konnten seine Arme einfach nicht finden.

Der Mann meinte, dass seine Arme gestohlen waren, und sagte zu seiner Frau: »Ruf die Polizei an.« Sie begegnete dieser

Idee zuerst mit Zurückhaltung, aber er insistierte. Sie wählte die 155 und hielt ihm das Mobiltelefon an sein eines Ohr. Der Mann konnte der Polizei nicht sagen, dass ihm seine Arme im Traum gestohlen worden waren, und sagte stattdessen nur: »Ich möchte einen Diebstahl melden.« Auf die Frage des Polizisten, was denn gestohlen worden sei, konnte er nicht antworten. Er schluckte und bedeutete seiner Frau mit den Augen, aufzulegen. Seine Frau hat die ganze Wohnung sauber gemacht und ihn am Nachmittag verlassen. »Ich hatte ganz andere Träume, als wir geheiratet haben«, sagte sie, als sie ging. »Ich habe dich nicht geheiratet, um meinen Verstand zu verlieren. Bitte versteh mich.« Der Mann bedeutete ihr mit den Augen, dass er sie verstand.

Am nächsten Tag ging er mit Hilfe des Hausmeisters ins Krankenhaus, aber für seine Geschichte hat sich niemand interessiert außer dem diensthabenden Arzt in der Psychiatrie. Sie führten ein sehr langes Gespräch. Ja, der Mann war sehr traurig. Ja, der Mann hatte Depressionen. Aber nur weil man ihm seine Arme geklaut hatte. Und nicht aufgrund von Unzufriedenheit in den Tiefen seines Unterbewusstseins, wie der Arzt behauptete. Es war viel offenkundiger, es war eine physische Tatsache. Doch in stunden-, ja sogar tagelangen Gesprächen konnte er den Arzt nicht davon überzeugen. Der Arzt konnte ihn auch nicht vom Gegenteil überzeugen. Der Mann musste nun wählen, ob er in einer speziellen Klinik für Schizophrenie oder zu Hause leben wollte. Als er begriff, dass er in der Klinik landen würde, wenn er nicht einlenkte, fügte er sich der Meinung des Arztes: Seine Arme hatte er durch einen Unfall verloren, an den er sich nicht mehr erinnerte oder erinnern wollte. Er akzeptierte das und kehrte heim.

Morgens, mittags, abends und nachts saß er vor dem Fenster und starrte kummervoll das Apartment gegenüber an. Niemand hatte je zuvor so kummervoll dieses Apartment angestarrt. Während er starrte, verliebte er sich in eine der Studentinnen, die dort wohnten. Auch das Mädchen verliebte sich in den Mann, denn sie interessierte sich für alles, was nicht da war. Außerdem war sie sehr fürsorglich und kümmerte sich um seine Pflege. Erwachte er wieder einmal aus seinen Albträumen, wachte auch sie sofort auf und trocknete seine Tränen.

Man kann es vielleicht nicht wahrhaft Lebensfreude nennen, aber dank dieses Mädchens hatte der Mann zumindest wieder etwas Lebensenergie zurückgewonnen. Doch eines Tages, als sie sich liebten, verblieb sein Penis im Mund des Mädchens. Zuerst begriff sie gar nicht, was da eigentlich passierte. Sie packten den Penis des Mannes in einen Eimer mit Eis und fuhren ins Krankenhaus. Die Ärzte nähten den Penis wieder an, aber nach einer Woche fiel er von selbst wieder ab. Sie nähten ihn erneut an, er fiel erneut ab. In der Zwischenzeit mussten sie, wegen einer Infektion, die er sich zwischen den beiden Operationen eingefangen hatte, das noch verbliebene Bein amputieren. Nun bestand der Mann nur noch aus Kopf und Rumpf.

Als der Mann von der Intensivstation in ein normales Zimmer verlegt wurde, küsste das Mädchen ihn auf den Mund und verließ ihn. »Ich interessiere mich für alles, das nicht da ist, aber das ist zu viel«, sagte sie beim Gehen. »Bitte verstehe mich.« Der Mann bedeutete ihr mit seinen Augen, dass er sie verstand.

Zwei Krankenschwestern wuschen den Mann alle drei Tage und rasierten ihn. Eines Tages, während der Rasur, waren die Krankenschwestern in ein Gespräch vertieft. Die eine, die ihn gerade rasierte, kam mit dem Rasiermesser an sein Ohr und hatte das einzige Ohr in der Hand, das er besaß. Sie riefen sofort den Arzt: »Ich habe ihn nur leicht berührt. Das kann doch nicht davon kommen. Maximal ein kleiner Schnitt, aber nicht das!« Sie nähten das Ohr an, aber nach einer Woche fiel es von alleine wieder ab.

Das Krankenhaus bedrückte den Mann sehr. Er fühlte sich wie ein Puzzle, dem ganz viele Puzzleteile verlorengegangen waren. Er rief einen Verwandten an und sagte ihm, dass er wieder in sein Heimatdorf zurückkehren wolle. Bevor er ganz verlorenging, wollte er mit seiner verbliebenen Existenz und seiner letzten Energie sein Dorf noch einmal sehen. Sein Verwandter brachte ihn dorthin. Die 96-jährige Mutter des Mannes saß bekümmert am Fenster. Sie schaute ihn an, küsste ihn auf seine Wangen und sagte: »Du hast dich gar nicht verändert.«

Im Jahr darauf starb seine Mutter. Der Mann schaute weiterhin traurig aus dem Fenster ihres Hauses auf die Tage, die kamen und gingen. Eines Tages, da schaute er so kummervoll und neigte seinen Kopf so sehr nach unten, dass der sich vom Rumpf abtrennte und aus dem Fenster fiel. Der Kopf des Mannes rollte den Abhang vor dem Haus hinunter und hinunter und hielt erst inmitten der Kinder, die gerade Fußball spielten. Vom Rollen auf der Erde voll Frühjahrsregen und Schlamm sah der Kopf des Mannes nun aus wie ein schwarz-weißer Lederball. Die Kinder dachten ohnehin, dass er ein Ball sei. Sie legten den Plastikball, der im Wind nicht so recht flog, wie er sollte, zur Seite und fingen an, mit dem Kopf des Mannes zu spielen. Doch gegen Abend trat eines der Kinder so fest gegen den Kopf, dass er in einer Dattelpalme hängenblieb. Dieser Baum, der seit fünf Jahren tot war, befand sich im Garten eines Mannes, den alle den unheilbringenden Osman nannten. Und weil die Kinder sich da nicht hineintrauten, verblieb er in der Dattelpalme.

Der Mann verspürte nun weder Hunger noch Durst. Er spürte nicht einmal mehr Schmerzen. Manchmal vermisste er sein Herz, das vor dem Fenster geblieben war, aber weil er nach seinem Herzen nur in Gedanken und nicht von Herzen Sehnsucht haben konnte, ertrug er diese Trennung. Und manchmal fragte er sich: »Ob mein Herz mich wohl auch vermisst?«

In der Zwischenzeit hatten die Krähen, die auf den Geschmack der Dattelpalme gekommen waren, seine Augen, seine Nase, seine Lippen und sämtliche verbleibenden Fleischstückchen aufgegessen. Um die Welt zu sehen, gab es für ihn keinen anderen Weg mehr außer den Traum. Nach einer gewissen Zeit fing er an, Traum und Realität zu verwechseln. Er dachte, er vermöge die Welt nur im Schlaf zu sehen und im Wachzustand sei er blind. Eines Tages ging es ihm wieder so. In einem Traum, der wirklicher war als die Wirklichkeit, sah er seinen Vater. Sein Vater kam mit seinem langen Stock in der Hand von einer langen Reise. »Wie geht es dir?«, fragte er seinen Sohn, »geht es dir gut?«

»Mir geht es gut, Papa«, sagte der Mann. »Nur in meiner Augenhöhle juckt es schon seit Tagen ganz fürchterlich. Es könnte ein eingebildetes Jucken sein. Aber das wäre noch schlimmer als ein echtes Jucken.« Er bat seinen Vater, ihn da zu kratzen. Aber der Vater kratzte die Augenhöhle seines Sohnes nicht.

»Warum nicht?«, fragte der Mann.

»Weil ich schon tot bin«, sagte sein Vater.

Da sagte der Mann: »Nein, du kannst nicht tot sein. Vielleicht bist du von einer langen Reise hierher zurückgekehrt, um zu sterben, aber du kannst nicht tot sein. Du kannst kein Toter sein, während du mit mir sprichst.«

»Nein, mein Sohn«, sagte der Vater, bevor er weiterzog, »ich bin tot. Zuerst bin ich gestorben und dann hierher gekommen. Bitte versteh mich.«

Der Mann versuchte, seinem Vater, der die ganze Kraft aus dem langen Stock zog und sich schweren Schrittes entfernte, mit seinen Augen, die er nicht mehr hatte, zu bedeuten, dass er ihn verstand.

66. Enzyklopädie der Gefühle

Mein Vater hat 20 Jahre die Hälfte seines Lohns, den er von der Fabrik bekam, bei der Inan-Yapı-Genossenschaft eingezahlt und ist Eigentümer einer Wohnung geworden. In dem Monat, im dem er die letzte Rate bezahlt hat, war das Erdbeben, und das ganze Haus stürzte ein. Mit einem Schlag knockout. Um glücklich zu sein, braucht man eine Reihe von Gründen. Um unglücklich zu sein, nur einen.

In demselben Jahr habe ich angefangen zu studieren. Als Erdbebenopfer habe ich ein Stipendium von der Regierung erhalten, das ich nicht zurückzahlen musste. Mit der alten Lira waren das 100 Millionen im Monat. Im Jahr 1999 war das viel Geld für mich. Vielleicht habe ich deswegen eine heimliche Freude über den Einsturz des Hauses empfunden. Wahrscheinlich hat mich das Haus wegen dieser heimlichen Freude nie losgelassen. Immer noch habe ich Albträume, in denen ich dort zu Hause bin.

Meine Bankkarte hatte ich Zeynel Abi gegeben. Wenn die monatlichen 100 Millionen auf meinem Konto eingingen, hob er von der Vakıflar Bankası das Geld ab und verrechnete es mit meinen bei ihm angeschriebenen Schulden. In der Regel reichte das Geld nicht aus. Ihm gehörte die Kneipe, in der ich in diesem Jahr abhing. Um meine noch offenen Schulden zu begleichen, brachte ich stets die leeren Bierfässer weg und holte volle. Außerdem begleitete ich sehr betrunkene Gäste immer bis zum Taxi, damit sie nicht hinfielen. Während ich all das tat, versuchte ich noch, witzig zu sein. Wenn du dich in einer finanziell misslichen Lage befindest, musst du dich beliebt machen. Man könnte sagen, die Finanzpolitik bestimmt das Temperament eines Menschen.

Wie eine Familie waren wir bei Zeynal Abi. Aber nicht so eine absurde Familie wie die in der Yudum-Fernsehwerbung, die am Esstisch plötzlich in der Luft zu schweben anfängt, womit erklärt werden soll, wie leicht das Pflanzenöl ist, mit dem gerade das Essen zubereitet wurde. Es waren ganz unterschiedliche Typen in dieser Männerkneipe. Doch dann kam der Tag, an dem dieses Tabu gebrochen wurde. An diesem Nachmittag um Viertel nach fünf betrat eine Frau die Kneipe. Sie war um die 35 und die schönste Frau, die ich bisher gesehen hatte. Vielleicht erschien sie mir auch nur so schön, weil sie an einem Ort aufgetaucht war, an dem man sie nicht erwartet hätte. Ich weiß es nicht.

Als sie vor der Bar stehenblieb, betrachtete Zeynel Abi zuerst sie und dann jeden anderen in der Kneipe sehr aufmerksam. Es wirkte, als wolle er herausfinden, wer für diesen Versteckte-Kamera-Scherz verantwortlich war. Sie bestellte einen Whiskey. Und wir befanden uns wahrlich nicht an einem Ort, an dem man gepflegt Whiskey trinken konnte. Ohne den Blick von ihr abzuwenden, holte Zeynel Abi die vergilbte Flasche Ankara Viski aus dem Regal, wischte den Staub von der Flasche und schenkte ihr einen Doppelten in ein Rakıglas ein. Sie kümmerte sich kein bisschen um die Blicke, die von allen Seiten an ihr hafteten. Sie setzte das Glas an, leerte es in einem Zug und bestellte noch einen. Mit dem zweiten Glas tat sie genau dasselbe und ging. Am nächsten und an allen darauffolgenden Tagen wiederholte sich dieser Ablauf haargenau. Sie war wie eine Uhr. Jeden Nachmittag um dieselbe Zeit kam sie, trank zwei Doppelte und ging wieder, ohne auch nur ein einziges Wort zu sagen. Am Anfang waren wir natürlich sehr neugierig. Wir diskutierten sehr lange, wer sie denn wohl sei, aber allmählich gewöhnten wir uns an sie. Der Mensch gewöhnt sich mit der Zeit eben an alles. Das werde ich jetzt aber nicht weiter ausführen, diesen Zustand hat uns Dostojewski schon in allen Einzelheiten in *Aufzeichnungen aus einem Totenhaus* erklärt.

An einem Nachmittag kam sie plötzlich nicht mehr. Zeynel Abi schloss an diesem Abend die Kneipe eine Stunde später als sonst. Vielleicht kommt sie ja etwas später, dachte er. Doch sie kam nie wieder. Am Anfang waren wir wieder ganz neugierig.

Wohin war die Frau, die aus dem Nichts erschienen war, wohl so plötzlich verschwunden? Einige sagten: »Sie ist tot.« Andere spekulierten: »Sie war Beamtin und wurde versetzt.« Wieder andere vertraten die Verschwörungstheorie: »Sie arbeitet für den griechischen Geheimdienst. Ihre Tarnidentität ist aufgeflogen, und deswegen musste sie nach Süd-Zypern flüchten.« Nach einer Weile hatten wir uns auch an ihre Abwesenheit gewöhnt. Zeynel Abi war mit dieser Abwesenheit überhaupt nicht einverstanden. Er hatte irgendwoher – zu Zeiten, als illegal hergestellter Alkohol keine Menschen umbrachte – sehr preiswert zwei Flaschen Jack Daniels aufgetrieben. Er hatte sogar zwei Whiskeygläser von Paşabahçe gekauft. Selbstverständlich fühlte er sich nun nach einer solchen Investition betrogen.

Die Frau, an deren Anwesen- und Abwesenheit wir uns gewöhnt hatten, sah ich ein Jahr später an der Felsküste wieder. Die Augen auf das dunkle Wasser gerichtet, trank sie. Ich setzte mich zu ihr. »Verpiss dich!«, sagte sie zu mir. Als sie das Taschenmesser, das schon in ihrer Hand bereitlag, aufklappte, stand ich auf und ging. »Warte mal«, rief sie mir nach. Ich wartete. »Woher kenne ich dich?« Ich erzählte ihr, woher sie mich kannte, und sie klappte ihr Messer wieder zusammen. »Gehst du da jeden Tag hin?«, fragte sie.

»Nein. Nur sechs Mal die Woche«, antwortete ich.

Sie sagte nichts und nahm einen Schluck von der J&B-Flasche, die vor ihr stand, und reichte sie danach mir. Ich nahm auch einen Schluck und setzte mich wieder hin. Das war zu den Zeiten, als noch nicht diese bescheuerten Plastikteile im Flaschenhals steckten. In der Hand, in der sie das Taschenmesser hielt, hielt sie auch ein Taschentuch. Es war von Wimpertusche verschmiert, weil sie geweint hatte.

»Wer hat dich so traurig gemacht?«, fragte ich.

»Lass gut sein«, erwiderte sie.

»Ist es sehr privat?«

»Nein, es ist sehr klassisch.«

»Verstehe«, sagte ich daraufhin. »Frauen warten immer erst mal auf einen Mann, dem sie vertrauen können, und wenn er dann da ist, stellt sich heraus, dass er ein mieser Bastard ist. Somit wird ihr Herz nicht einmal, sondern gleich zweimal gebrochen.«

»Wie alt bist du?«, fragte sie.

»21«, sagte ich, obwohl ich erst 19 war.

»Du hast von nichts eine Ahnung und denkst, du wüsstest schon alles!«, erwiderte sie in einem aggressiven Tonfall. Sag das Härteste, was du einem sagen kannst, aber sag es in einem weichen Ton, sag es lächelnd. Auch wenn es den anderen verletzt, tut es dann nicht so sehr weh.

»Hast du eine Freundin?«, fragte sie mich.

»Manchmal.«

»Wie geht das denn?«

»Ich gehe nur zu ihr, wenn ich betrunken bin. Manchmal macht sie die Tür auf und lässt mich rein. Manchmal nicht. Sie trinkt keinen Tropfen, ist aber immer besser drauf als ich. Den Nachbarn erzählen wir, wir seien Cousin und Cousine. Es ist kompliziert.«

»Möchtest du ihre Hand halten?«

»Manchmal.«

»Dann beschuldige sie«, sagte sie. »Beschuldige sie nicht manchmal, sondern ständig. Sie kann dich nicht schlecht behandeln, solange sie ihre Unschuld nicht beweisen kann.«

»Wieso sollte sie denn so was tun?«, fragte ich.

»Weil wir Frauen glauben, dass wir schon schuldig auf die Welt gekommen sind.«, sagte sie.

»Okay. Ich werde mir das mal durch den Kopf gehen lassen.«

Die J&B-Flasche war mittlerweile leer. Ich besorgte im Laden gegenüber dem Park noch ein paar Flaschen Bier und kam wieder zurück.

»Was machst du?«, fragte sie mich.

»Ich bin im Enzyklopädie-Business.«

»Vertreibst du Enzyklopädien?«

»Nein, ich schreibe eine.«

»Was für eine?«

»Die Enzyklopädie der Gefühle. Ich klassifiziere menschliche Gefühle. Hört sich vielleicht etwas schräg an, aber ich bin schon beim dritten Band angekommen. Also beim drittem Heft.«

»Wie gehst du da vor? Von A-Z?«

»Nein. Ich habe bei den leichten Gefühlen angefangen und arbeite mich langsam zu denen vor, die am meisten verletzen.«

»Gut«, sagte sie. »Wenn du eines Tages fertig bist, dann sag Bescheid. Ich fang von hinten zu lesen an.« Wir tranken unser Bier aus, tauschten unsere Telefonnummern aus, und als allmählich der Morgen anbrach, gingen wir in entgegengesetzte Richtungen. Ungefähr eine Woche später rief ich sie an. Ihre Stimme war kühl und distanziert. Ich habe sie nie wieder angerufen.

In der Zwischenzeit war ein Jahr vergangen. Eines Nachts, mir ging es überhaupt nicht gut, begab ich mich zu der Freundin, zu der ich »manchmal« ging. Sie ließ mich nicht in die Wohnung. Ich klingelte unaufhörlich an der Tür. Sie ignorierte es. Der Hausmeister kam aus seiner Wohnung, schrie herum, schubste mich. Dann rief er die Polizei und sagte, ein Irrer würde versuchen, ins Wohnhaus einzudringen. Als er das sagte, wollte ich ihm eine verpassen, und im selben Moment verpasste ich ihm eine. So, als hätte ich ihn mit reiner Gedankenkraft geschlagen. Seine Frau kam rausgerannt und begann zu schreien. Als ich sie schreien hörte, bereute ich meine Tat sofort. Ich wollte abhauen, doch mittlerweile waren sämtliche Nachbarn schon draußen und ich von ihnen umzingelt. Also warteten wir nun gemeinsam auf die Polizei. Fünf Minuten später stieg aus einem Polizeifahrzeug ein Zivilpolizist. Als Erstes verpasste er mir mit seinem Funkgerät einen kräftigen Hieb auf den Kopf, und erst dann fragte er mich, was für ein Problem ich hätte. Er hatte noch mehr getrunken als ich. Ich wollte meine Cousine besuchen, sagte ich.

»Komm mal mit«, befahl er, und wir klingelten an ihrer Tür.

»Ist das dein Cousin?« Er zeigte auf mich. Ich nahm meine Hand von meinem Kopf und zeigte ihr meine blutige Handfläche.

»Ja«, sagte sie. »Ich bin eingeschlafen und habe wohl die Klingel nicht gehört.«

Er wendete seinen Blick nicht von mir ab, dafür drehte er meinen Personalausweis immer wieder in seiner Hand und schaute auf meinen Geburtsort. »Ist da bei dir was wegen dem Erdbeben?«, fragte er.

»Da war was, es ist aber nichts mehr übrig geblieben.« Ich gab ihm einen vorgefertigten Scherz zur Antwort.

»Mein Beileid«, erwiderte er aufrichtig und ging.

Wir saßen in der Küche, es war schon fast Morgen, als sie meine Kopfwunde mit einer Jodtinktur behandelte und sich entschuldigte. »Alles nur meinetwegen«, sagte sie.

»Hör auf, dir die Schuld zu geben. Du kannst nichts dafür. Das war mein Fehler.«

»Hätte ich die Tür aufgemacht, wäre das alles nicht passiert.«

»Du musst einen Betrunkenen, der vor deiner Tür Alarm schlägt, nicht in deine Wohnung lassen.« Während sie den mit Jod benetzten Wattebausch auf meinen Kopf drückte, fragte sie: »Tut es sehr weh?«

»Bisschen.«

»Das ist alles meine Schuld.«

»Es ist nicht immer alles deine Schuld«, sagte ich. »Der Mensch kann sich sein eigenes Unglück nicht aussuchen. Er kann einen aktiven Beitrag dazu leisten, aber dennoch kann er es sich nicht aussuchen. Wir sind wie zum Fallen aufgestellte Dominosteine. Da kommt einer, rempelt dich an und du fällst. Aber er wurde vorher von jemand anderem angerempelt und ist gefallen. Von weiter oben aus der Distanz betrachtet, ist das eigentlich ein schöner Anblick. Von dort erkennst du, was dich mit anderen Menschen verbindet. Du erkennst, dass keiner Schuld hat, weil alle Schuld haben. Man bringt einander gegenseitig zu Fall.«

»Du glaubst also nicht an die menschliche Willenskraft?«

»Ganz im Gegenteil. Ich bin ein Fan der menschlichen Willenskraft. Ein Mensch mit Willenskraft arbeitet 20 Jahre lang hart, um sich eine Wohnung zu kaufen, und dann muss er zusehen, wie das ganze Haus in 20 Sekunden einstürzt. Er verliert alles, aber gibt nicht auf. Er versteht, dass er 20 Jahre für nichts gearbeitet hat, aber lässt es sich nicht anmerken. Und weil er kein Geld mehr in der Tasche hat, um sich ein Taxi zu leisten, muss er am Vorabend des Bayram seine Koffer zum Busbahnhof tragen. Währenddessen erleidet er einen Herzinfarkt. Er wird ins Krankenhaus gebracht, aber in dem Krankenhaus fehlt die Ausstattung, die sie brauchen, um ihn zu behandeln. Dann stecken sie den Menschen mit Willenskraft wieder in einen Krankenwagen, um ihn in ein anderes Krankenhaus zu fahren. Aber andere willenskräftige Menschen des Typs Hurensohn machen den Weg für den Krankenwagen nicht frei. Der Mensch mit Willenskraft stirbt unterwegs, im Verkehr. Die Sirenen des Krankenwagens schrillen noch eine Weile weiter, als sei der Mensch mit Willenskraft noch nicht tot. Während die Sirenen noch heulen, geht dem Menschen mit Willenskraft noch ein letzter Gedanke durch den Kopf: ›Wo habe ich den Fehler gemacht?‹ Das ist für dich die Geschichte meines Vaters und der menschlichen Willenskraft.«

»Bist du fertig mit der Enzyklopädie?«

»Ich habe aufgehört damit.«

»Warum?«

»Es gibt nichts mehr zu fühlen.«

»Und was machst du jetzt?«

»Ich weiß es nicht. Ich werde nicht mehr zu Zeynel Abi in die Kneipe gehen. Ich werde mir einen anderen Ort suchen. Ich suche mir immer einen anderen Ort. Die Karte nehme ich auch nicht mehr zurück.«

»Mach keinen Quatsch!«, sagte sie.

»Das Stipendium haben sie sowieso eingestellt«, erwiderte ich.

67. Der Sommer 2009 kommt
nicht mehr zurück

Die erste Fotografie:
Der Sommer 2009 kommt nicht mehr zurück. So wie alle anderen Sommer nicht mehr zurückkommen werden. Meistens waren wir auf der Terrasse des Meisters. Der Meister sagte jeden Morgen: »Gut, dass wir gestern Nacht Bier getrunken haben. Bier verursacht keine Kopfschmerzen wie Rakı. Man fühlt sich am Morgen nicht so verblödet.« Dann kratzte er sich am Bart, als würde er fragen wollen: »Hab ich nicht recht?« Und ich antwortete mit einer halb verdutzten Anmut, die Menschen zu eigen ist, die gerade die Tiefe einer Angelegenheit begriffen haben: »Du hast recht, Meister.« Der Bruder des Meisters, Serhat, kam für die Sommerferien aus Amerika. Dort schrieb er an seiner Doktorarbeit. Wenn er genug getrunken hatte, konnte er zwar gut reden, aber er fand einfach nicht ins Thema. Er fand manchmal so schön nicht ins Thema, dass er das Thema, nicht ins Thema zu finden, zum Thema machte. Außerdem war er ein guter Dichter. Aber sein eigentliches Spezialgebiet war weder die vergleichende Literatur noch die Lyrik. Sein Spezialgebiet waren Pferdewetten, zumindest meiner Meinung nach. Jeden Morgen machte er sich einen Kaffee und arbeitete mit der Ernsthaftigkeit eines Akademikers und der Pedanterie eines Dichters an seinem Bericht. Der Meister zerkaute seine Talcid-Magentablette und übersetzte Zeitungsartikel für die *Radikal* Auslandsnachrichten. Ich hatte nichts zu tun außer zu versuchen, den krummen Rücken von Pembe, der Katze des Meisters, die aus dem sechsten Stock gefallen war, wieder geradezustreichen. Wir beteiligten uns auch an dem Wettschein, den Serhat ausfüllte. Wenn wir nach dem dritten Rennen noch nicht eingeschlafen waren, verfolgten

wir die Rennen gemeinsam bis zum Ende. An einem Nachmittag, wir hatten alles richtig getippt, sprangen wir in der Wohnung herum vor Glück und umarmten uns. Das war der freudigste Moment in diesem Sommer. 600 Lira hatten wir gewonnen, pro Kopf 200, gutes Geld.

Nachdem ich zu Geld gekommen war, fiel mir auch wieder ein, dass ich ein Zuhause hatte. In Beşiktaş, die Wohnung mit den 82 Treppenstufen. An dem Tag stand ich auf dem Balkon und zählte die Taxis, die über die Şair Nedim fuhren. Ich dachte, es müsse schwieriger sein, von einem Wohnhaus zu springen als von einem Hochhaus. Während ich das 412. Taxi zählte, rief mich der Meister von einer unbekannten Nummer an: »Hast du Pembe so zugerichtet? Ihr Rücken war schon krumm, jetzt ist er noch krummer.«

»Nein. Ich hab nur versucht, ihn wieder gerade zu bekommen. Was ist das für eine Telefonnummer?«

»Meine. Ich habe mir eine neue Nummer zugelegt.«

»Warum?«

»Es hat so oft geklingelt. Wir haben wieder einen Wettschein ausgefüllt, kommst du?«

»Nein«, sagte ich, aber meine Gedanken blieben dort. Am Nachmittag rief er wieder an: »Wir haben gewonnen.«

»Ach, komm schon, verarsch mich nicht«, sagte ich. »Wie viel habt ihr gewonnen?«

»2100 Lira.«

»Ich komme.«

»Wie hast du das hinbekommen?«, fragte ich Serhat.

»Wenn das Geld aufgebraucht ist, hast du auch deine Chancen aufgebraucht, einen Fehler zu machen«, sagte er.

»Verstehe«, sagte ich. »Man kann sich zwar an einer gewonnenen Wette nicht nachträglich beteiligen, aber wenigstens hundert Lira könnt ihr mir geben.«

In diesem Sommer gewannen wir keine weiteren Wetten, aber an dem Abend tranken wir Rakı, verfolgten im Fernsehen die

Meisterschaft im Kugelstoßen der Frauen und redeten über unsere Toten. Vielleicht weil die Stille länger andauert, die beim Rakıtrinken in den Pausen entsteht, reichert sie die Atmosphäre ätherisch an.

Die zweite Fotografie:
Die Nachbarstochter schrieb in diesem Sommer am Tag 250 SMS. Ich erinnere mich an dieses Mädchen so: »Ditdit ditdit ditdit.« Selbst beim Fahrradfahren konnte sie simsen. Vielleicht liebte sie das Schreiben und das Erwarten einer Antwort mehr als den Jungen, dem sie schrieb. Obwohl ihr die Haare nicht ins Gesicht fielen, warf sie sie ständig zurück. Sie tat das nicht, um anziehend zu wirken, es war wohl eher Ausdruck einer tiefen Unzufriedenheit. Mich wollten sie mit ihrer großen Schwester verheiraten. Eines Nachts stand ich leicht torkelnd vor unserem Wohnhaus. Ich war über den Status des Beschwipstseins hinaus, aber noch nicht mit Pauken und Trompeten betrunken. Ich schmiss die Mülltonnen um und schrie: »Alles, was gesagt werden musste, ist gesagt. Alles, was geschwiegen werden musste, ist geschwiegen. Und von all dem ist nur die Asche von irgendwas zurückgeblieben. Und wenn ihr mich jetzt fragt: ›Die Asche von was?‹, straf mich Gott, ich weiß es nicht. Ich hatte nur einen guten Anfang. Manche Menschen können nur einen guten Anfang hinlegen. Dann langweilen sie sich und können es nicht durchziehen.« Die Eltern überlegten es sich anders. Sie wollten die große Schwester nicht mehr mit mir verheiraten.

In dieser Hinsicht war der Sommer 2009 etwas chaotisch.

Die dritte Fotografie:
Mit Celâl Abi saß ich auf der Terrasse des Net Piknik. Ein süßer Sommerwind wehte. Der weht selten in Ankara. Als der Kellner kam, fragte Celâl Abi: »Was willst du essen?«. Wenn ich trinke, esse ich nicht viel. Ich trenne beide Aktivitäten. Ich erinnere mich an einen Mann in Antalya zehn Sommer davor. Er kam in

die Kneipe, bestellte einen kleinen Rakı und dazu etwas Salz. Nachdem sein Rakı gekommen war, holte er eine Edelpflaume aus seiner Hosentasche, wendete die Pflaume im Salz und nagte an ihr und wendete sie wieder und nagte wieder an ihr, bis er ausgetrunken hatte. Vielleicht habe ich ihn mir als Beispiel genommen. Natürlich nage ich nicht an einer Pflaume, ich bin ein Biertrinker. Eine Hand voll geröstete Kichererbsen, das reicht mir den ganzen Abend, was anderes brauch ich nicht. Celâl Abi hatte Köfte bestellt. Dann erzählte er vom Mamak-Gefängnis. Vom Hungerstreik dort im Juli. Die Gefängnisverwaltung hatte mitten im Sommer die Heizungen aufgedreht, damit alle vor Hitze umfielen und den Streik beendeten. »Wie war das, Abi?«, fragte ich ihn. »Lies die *Göttliche Komödie,* den Teil mit der Hölle.« Ich ging nach Hause und fing mit *Moby Dick* an. In diesem Sommer beschloss ich, nur noch große Literaten zu lesen.

Die vierte Fotografie:
An einem Nachmittag saß ich mit Salih bei den Fischerhütten. Es wehte ein leichter Wind, der das ruhige Meer zum Zittern brachte. Der Himmel war orange, lila, blau und auch ein bisschen grau. Salih war ein Mann, der nichts verlassen konnte. Selbst beim Verlassen des Cafés, in dem er gerade mal eine halbe Stunde saß, fühlte er Trauer. Er hatte eine Freundin, sie waren seit zehn Jahren zusammen. »Jemanden zu verlassen ist theoretisch unmöglich«, sagte er immer. »Nehmen wir mal an, ich habe sie verlassen. Wie bitte soll ich die Erinnerungen verlassen? Ich habe das Gefühl, als würde ich dann Tonnen von Erinnerungen nicht in meinem Geist, sondern auf meinem Rücken tragen.« An dem Abend schaute er beim Gehen auch traurig auf den Platz zurück, auf dem wir gesessen hatten. »Wenn du die Vergangenheit vergessen willst, musst du deine Augen auch vor der Zukunft verschließen«, sagte ich damals.

»Ist der Satz von dir?«, fragte er

»Mir gehört gar nichts, Salih. Nicht einmal mein Schlaf gehört mir.«

»Der ist aber auch gut.«

»Der ist auch nicht von mir. Der ist von Memet Baydur.«

Die fünfte Fotografie:
In Olympos am Strand schauten wir in dieser Nacht das Plankton an, das, von den Wellen herangespült, am Ufer leuchtete. Plankton ist, im Gegensatz zu seinem Namen, etwas sehr Gefühlvolles. Ich finde, Plankton sollte man »wunderbar« nennen oder »aufrichtig«. Zumindest »meistens« oder gar »wahrscheinlich« könnte man es nennen. »Ich habe so oft an diesen Augenblick gedacht. Jetzt, wo er wahr geworden ist, fühlt es sich so an, als fehle etwas«, sagte sie. »Wie ein abgefallener Knopf fehlt etwas. Findest du nicht auch?«

»Das liegt am Vitamin-B-Mangel«, sagte ich. »Die Quelle allen menschlichen Mangels ist der Mangel an Vitamin B.« Dann tanzten wir. Ich kann zwar nicht tanzen, aber am Strand kann jeder tanzen, dachte ich. Von welcher Seite man es auch betrachtet, es war ein schöner Sommer. Der Sommer 2009 kommt nicht mehr zurück.

Die letzte Fotografie:
Als der Sommer zu Ende ging, spazierten wir dann in der Bekâr Sokak. Auf manchen Straßen kann man nicht alleine gehen, man muss sie unbedingt mit jemandem teilen. »Wenn du mich so ansiehst, wie soll ich denn dann weinen?«, sagte sie. Sie sagte das mit einem so warmen Lächeln, hätte ich es berührt, ich hätte mir die Hand verbrannt.

Was ich von Tschechow und von diesem Sommer gelernt habe: Der Mensch sollte weinen, solange er die Gelegenheit dazu hat. Er sollte nicht denken, dass er seine Gefühle vor der Außenwelt verstecken muss. Die Sache mit dem Weinen sollte er nicht nur Kindern überlassen, die Shampoo ins Auge bekommen haben.

Zumindest sollte er so viel weinen, dass es reicht, seine Sorgen zu erklären. Und auch wenn der Weg vor ihm länger ist, als er laufen kann, sollte er ihn trotzdem gehen, so weit er kann. Auch wenn er weiß, dass er fallen wird, dass er allein sein wird, wenn sein Geist durcheinander ist und übervoll, sollte er laufen. In diesem Sommer haben wir nicht bemerkt, wann der Regen begann und wann er zu fallen aufhörte. Der Sommer 2009 kommt nicht mehr zurück. So wie alle anderen Sommer nicht mehr zurückkommen werden.

68. Saffet Semerci hat seinen Verstand auf dieser Parkbank verloren

Früher waren vor unserm Haus Birnengärten. Die Kinder haben immer Birnen geklaut. Heute steht dort ein offenes Parkhaus. Die Kinder klauen jetzt Autoradios. Eigentlich hat sich nicht viel verändert. Ich habe mich auch nicht verändert. Hätte ich die Gelegenheit dazu gehabt, hätte ich mich verändert. Wer möchte denn nicht mit einem Drachen tauschen, der in die Luft steigt?

Als ich 17 war, kam eine Prostituierte auf mich zu und fragte nach einer Zigarette. »Ich rauche nicht«, sagte ich. »Dann fang damit an und biete mir eine an«, sagte sie. So habe ich angefangen zu rauchen.

Mit einem Rentnerausweis lief ich sinnlos in einem kleinen Ort an der Küste herum in jenem September. Es war das Jahr 2002, es war der Dritte des Monats, 17:42 Uhr. Ich hatte nicht mal einen, der »Verpiss dich« zu mir sagte. So allein war ich. Zuerst kam eine einäugige Blinde auf mich zu. Anfangs dachte ich, sie sei eine Wahrsagerin, aber dem war nicht so. Sie hatte ein Irrsinns-Messgerät erfunden. Damit konnte sie messen, wie viele Meter verrückt die Menschen waren. Auch wie viel Kilobyte sie verrückt waren. Es sah aus wie ein Blutdruckmessgerät, und sie legte es mir um den Arm. Das Gerät quetschte meinen Arm, und sie schaute mir tief in die Augen: »Sie sind drei Meter und acht Kilobyte verrückt«, sagte sie.

»Na gut«, sagte ich. »Und was soll ich jetzt machen?«

»Ganz einfach«, sagte sie. »Schneiden Sie die Nägel Ihrer Daumen und Zeigefinger und legen Sie sie auf eine Serviette. Dann streuen Sie etwas Salz und Zucker darüber. Tragen Sie diese Mixtur drei Tage lang bei sich. Aber keiner darf das erfahren. Nach drei Tagen drehen Sie die Serviette samt Inhalt über

Ihrem Kopf und spülen den Inhalt dann den Abfluss runter. Danach sind Sie geheilt.«

Ich tat, was sie sagte. Nach drei Tagen kehrte ich nach Ankara zurück. »Lieber Gott«, sagte ich, »gib mir das genaue Gegenteil von dem, was Konfuzius wollte. Gib mir einen Garten voller Bücher und ein Haus voller Blumen. Eine Freundin brauch ich nicht. Freunde brauch ich nicht. Geld auch nicht. Gerechtigkeit auch nicht. Ich brauche nichts weiter. Und ich verspreche dir, ich werde in 17 Nächten einen Roman schreiben und ihm den Titel *Gott, du weißt es besser, aber die Tasse haben sie aus Arsen getöpfert* geben.«

In der Nacht zerbrachen alle Fensterscheiben des Hotels, in dem ich übernachtete. Ich dachte, in der Kneipe nebenan würde gerade ein Tor gefeiert. Der Besitzer des Hotels dachte, die PKK hätte eine Bombe reingeworfen. Dabei war nur der Stromverteilerkasten vor dem Hotel explodiert. Der Hotelbesitzer warf mich raus. Aufgrund dieses Vorfalls hatte er mit psychischen Schwierigkeiten zu kämpfen. So sehr, dass er anfing, die kurzen Lark-Zigaretten zu rauchen.

Aber ich war auf der Suche nach der Wahrheit. Viele Menschen sind auf der Suche nach der Wahrheit. Aber eines unterscheidet mich von den anderen: Sie sind auf der Suche nach der Wahrheit, um besser lügen zu können. Ich bin nur auf der Suche nach der Wahrheit, weil ich hinter der Wahrheit her bin. Wenn das wahr ist, wisst ihr, was es ist? Es ist eine Erdbeere, die man auf dem Weg zwischen Bartın und Karabük kaufen kann. Die leckerste Erdbeere der Welt gibt es auf dem Soğuksu-Rastplatz, der sich auf dieser Strecke befindet.

Ich gründete ein Reisebüro in der Nacht, in der ich aus dem Hotel geflogen war. Mit einer Pauschalreise ließ ich Menschen in die Vergangenheit reisen. Drei Personen nahmen teil. Sie sind noch nicht zurückgekommen. Ich warte immer noch auf sie, sie haben den Reisepreis noch nicht bezahlt. Ich hätte es mir gleich in bar geben lassen sollen.

Ich habe heute ein Liebespaar im Regen gesehen. Im Kurtuluş-Park. Später werden sie mal sagen: »Wir sind aber nass geworden an dem Tag.« Ich werde das nicht kommentieren.

Ich habe auch eine Freundin. In der Regel schleiche ich mich immer unauffällig an und küsse sie dann ganz plötzlich. Ich sage dann zu ihr: »Hab keine Angst. Killerwale leben im Meer. Sie können nicht an Land kommen und dich töten. Und natürlich kann ich das nicht erlauben.« Und dann sagt sie zu mir: »Okay, ich hab keine Angst, aber mach deine Augen zu, wenn wir uns küssen.« Sie hat das in einer Zeitschrift gelesen, dass man die Augen schließen soll dabei.

Wo waren wir? Wahrheiten. Ja. Eigentlich hat mich meine Freundin verlassen, bevor wir überhaupt zusammengekommen sind. Und ich habe sie angerufen und geschwiegen. Ich habe nicht gesagt: »Ach, du hast das Herz dieses Mannes, das dich so sehr liebt, gelocht, getackert, abgeheftet und den Ordner dann ins Regal gestellt.« Ich habe nicht gesagt: »Sei still und hör erst mal zu! Vom ständigen Anschauen dieser abgelaufenen Filme und dieser gefühlsüberladenen Offiziers- und Pascha-Serien, vom ständigen Hören dieser Scheiß-Songs, ja dieser Songs, die du seit deinem fünften Lebensjahr mit der Haarbürste deiner Mutter zu performen versuchst, bist du entweder zum Sklaven oder zum Herrn deiner Gefühle geworden, meine Heilige! Mit dir kann man nun nirgendwohin ohne Katzen gehen.«

»Hey, du! Komm mal her. Was hast du da in deiner Hand?«

»Ein Aufnahmegerät.«

»Und was machst du damit?«

»Ich nehme auf, was du sagst.«

»Warum?«

»Klingt interessant.«

»Wie heißt du?«

»Emrah.«

»Und weiter?«

»Serbes. Ohne t am Ende.«

»Freut mich. Und ich bin Saffet Semerci. Ich habe auch nichts am Ende. Und was machst du so beruflich, Emrah Serbes ohne t am Ende?«

»Ich studiere.«

»Was hast du heute gelernt?«

»Auf Italienisch *Ich liebe dich* zu sagen.«

»Hast du eine italienische Freundin?«

»Nein. Es gibt da ein Mädchen, aber sie studiert Spanisch.«

»Warum lernst du es dann nicht auf Spanisch?«

»Weil sie gesagt haben, dass Italienisch der Grundstein aller Sprachen ist.«

»Und liebt sie dich auch?«

»Nein, um Gottes willen. Natürlich nicht.«

»Was ist heute für ein Datum?«

»30. Oktober 2004.«

»Dann zeichne das mal auf. Heute bin ich im Regen im Kurtuluş-Park spaziert. Auf einer Parkbank stand geschrieben: »Emrah Serbes hat auf dieser Parkbank seinen Verstand verloren«. Ich habe nach einem Namen für mich selbst gesucht und habe mich Emrah Serbes genannt. Und mein ganzes Erbe habe ich einer toten Taube hinterlassen. Ist doch so passiert, oder?«

»Ja, ist so passiert.«

»Sehr schön, weil mir das auch passiert ist.«

Serbes ohne t: Wortspiel. Im Türkischen bedeutet *serbest* »frei, unabhängig«.

Galip İşhanı

Galip İşhanı

Die blutige Liebesgeschichte von Galip begann in jenem Augenblick, als ich den Hut meines Opas fallen ließ. Diesen Hut liebte ich sehr. Solange ich mich erinnern konnte, trug mein Opa diesen Hut, den er mir einen Tag vor seinem Tod anvertraute. In meinem ganzen Leben habe ich nichts besessen, das für mich von größerem ideellen Wert war.

Die Sache ist die: An diesem Abend haben wir uns mit Freunden an der Felsküste getroffen und geredet. Am Anfang waren wir zu sechst oder zu siebt, gegen Morgen waren nur noch wir zwei dort, Galip und ich. Die Türen des *Kartal SLX* standen offen, und wir hörten Müzeyyen Senar. Sie sang schon zum fünfzigsten Mal *Ormancı*. Immer wenn das Lied zu Ende war, gingen wir abwechselnd zum Autoradio und spulten die Kassette wieder zurück. Und wenn das Lied wieder von vorn anfing, standen wir am Rand der Felsküste und diskutierten während der Passage »Kaum kam der Förster, schmiss er den Tisch um«, wie der Förster den Tisch umzuschmeißen hatte. Als ich pantomimisch darzustellen versuchte, wie das Tischumschmeißen aussah, fiel mir der Hut aus der Hand und flog ins Meer. Ich zog Schuhe und Strümpfe aus und sprang ins Wasser. Galip sprang hinterher. Das war im November vor zehn Jahren. Ich schnappte den Hut zwischen den steilen Felsen. Mit Mühe und Not und uns aneinander festhaltend kamen wir wieder aus dem Wasser.
»Wieso bist du reingesprungen, Galip?«, fragte ich ihn.
»Als ich so ganz alleine da oben stand, wurde mir angst und bange«, sagte er.

Galip war ein sehr interessanter Mensch. Und darum erzähle ich hier seine Geschichte. Ich hätte auch eine Geschichte über

mich, meinen Opa oder seinen Hut erzählen können. Aber neben Galip und seiner blutigen Liebesgeschichte wäre alles andere langweilig, das muss ich einsehen.

Wir rannten ins Auto und drehten die Heizung auf. Und da bemerkte ich es erst: Galips Gesicht war blutüberströmt. Er hatte einen tiefen Schnitt auf seiner Stirn. Er war in eine seichte Stelle gesprungen, auf dem Meeresgrund aufgekommen und hatte sich die Stirn aufgeschnitten.

Wir fuhren in die Notaufnahme und warteten im Untersuchungszimmer. Ein Krankenpfleger ging den Arzt wecken, der sich im Ruheraum am Ende des Korridors hingelegt hatte. Als die Tropfen, die von unseren Kragen und Hosenbeinen fielen, sich zu einem großen See inmitten des Untersuchungszimmers ausweiteten, kam der Arzt. Er hatte ein knallrotes Gesicht. Auf seinem blauen Hemd waren gelbe Flecken, die dem vielem Waschen, Trocknen und Bügeln standgehalten hatten. Er setzte sich neben Galip aufs Bett, zog einen Flachmann aus seiner Hosentasche und nahm einen Schluck von dem Getränk, von dem man nicht wusste, was es war. Er holte einmal tief Luft und trocknete mit einem Taschentuch den Schweiß auf seinem haarlosen Kopf und der Stirn. Als führe er eine Konversation fort, die unbeendet geblieben war, sagte er: »Die Menschen liegen immer auf der Lauer. Um zu zerstören.«

»Um was zu zerstören, Herr Doktor?«

»Das weiß ich nicht. Du weißt nicht, woher sie kommen, und du weißt niemals, was sie tun werden.«

Da kam Schwester Nuran. Genau genommen kam vor ihr ihr Lachen, das durch den Korridor hallte. Als sie das Zimmer betrat, konnten wir uns trotz ihres weißen Kittels und ihrer Haube einfach nicht sicher sein, ob sie tatsächlich Krankenschwester war. In der Regel sind Krankenschwestern eher hartherzig. Vielleicht gibt es auch eine Ursache dafür, dass sie so sind, aber die interessiert mich nicht. Schaut eine Krankenschwester mit mürrischem Gesicht dich beim ersten Kontakt schon mit dem

Ausdruck an, als wärst du nicht krank, sondern nur ein Simulant, der sie hinters Licht zu führen versucht, verfluchst du innerlich das Gesundheitsproblem, das dich ins Krankenhaus gebracht hat, das gesamte Gesundheitssystem, ja sogar alle gesunden Menschen. Aber Schwester Nuran hatte eben etwas Schönes, das man ihr gesagt hatte, mit einem fröhlichen Lachen erwidert. Wer das gesagt hatte und was genau, konnten wir nicht ausmachen. Wir erfuhren nur, dass sie Nuran hieß. Auf ihren Lippen haftete noch ein Lächeln, das vom Lachen übrig war. Ein Lächeln, das, selbst als sie uns sah, hartnäckig nicht verschwinden wollte. Auf dieses Detail bestehe ich, weil ich denke, dass die Geschichte in genau diesem Moment begann. Denn mit dieser Frage, die Galip und mir – dessen bin ich mir sicher – im selben Moment durch den Kopf ging, fing die eigentliche Geschichte an: »Warum hat Schwester Nuran gelächelt, als sie uns sah?« Menschen, die uns sehen, lächeln nicht. Und schon gar nicht mitten in der Nacht, wenn wir sturzbetrunken, bis auf die Knochen nass und blutüberströmt vor ihnen stehen. Ich stelle die Frage erneut: »Warum hat Schwester Nuran gelächelt, als sie uns sah?«

Als das Lächeln in ihrem Gesicht schwächer wurde, sagte sie: »Gute Besserung.« Als sie den Ernst der Lage verstand, wurde auch Schwester Nuran ernst. Sie begann den Anweisungen des Arztes, die er mit gelangweiltem Gesichtsausdruck erteilte, Folge zu leisten und die Wunde zu vernähen. Dabei fragte sie Galip: »Was machen Sie beruflich?« Als Galip sie ganz versunken anschaute, ohne etwas sagen zu können, so als könne er sie nicht sehen, verstand ich, was los war.

Schwester Nuran nähte Galips Stirn mit vier Stichen, und obendrein bekam er eine Tetanusimpfung. Außer der Frage, die unbeantwortet blieb, wurde nichts gesprochen. Wir verließen das Krankenhaus und bestellten uns, während der Muezzin zum Morgengebet rief, im *Kent* eine Suppe. Ein dunkler Hund stand mitten auf der Kreuzung unter den blinkenden Verkehrsampeln und beobachtete uns. Während der leichte Nieselregen auf dem

Asphalt leuchtete, kam er auf uns zu. In seinen dunklen Augen lag ein bedrohlicher Ausdruck, aber weiter in der Tiefe konnte man eine verständnisvolle, väterliche Haltung erahnen. Er erinnerte an unseren Grundschullehrer.

Galip sagte: »Ich hab mich verliebt, Bruder.«

»Das habe ich bemerkt«, sagte ich.

»Ich bin zum ersten Mal verliebt.«

»Auch das weiß ich.«

»Was soll ich machen?«

»Nichts«, sagte ich. »Dich hinsetzen und deine Suppe essen.«

»Nein«, sagte er. »Was kann ich für Schwester Nuran machen?«

»Du kannst gar nichts machen. Vielleicht kannst du dieser Tage ein bisschen besser auf Songtexte achten.«

»Sonst?«

»Sonst ist da nichts weiter, Galip.«

Am Abend darauf saßen wir wieder an der Felsküste. Galip fragte erneut: »Was kann ich für Schwester Nuran machen?« Zuerst tat ich so, als hätte ich ihn nicht gehört, dann versuchte ich ihm zu erklären, dass es nichts gab, was er tun konnte. Am Ende, als ich an den Felsen runterpinkelte, konnte ich mich nicht mehr zurückhalten und sagte: »Es gibt nur eine Sache, die du tun kannst, Galip: dich hinsetzen und still leiden. Wie alle wahrhaftigen Liebenden.«

»Gut«, sagte er. Und während er das sagte, zog er sich die Fäden aus der Stirn. Es dauerte keinen Moment und sein ganzes Gesicht war erneut blutüberströmt. Ich rannte zum Auto und holte die Taschentücher in der Box von *Petrol Ofisi* aus dem Handschuhfach. Sie waren ein Werbegeschenk der Tankstelle. Ich zog alle Taschentücher auf einmal aus dem Karton und presste sie ihm an die Stirn.

»Was hast du getan, Galip!«

»Du hast gesagt, ich soll leiden.«

»Ich habe von einem abstrakten Schmerz gesprochen.«

Er schaute mich verständnislos an. »Ich habe von einem Schmerz gesprochen, den du mitten auf deiner Brust spürst«, sagte ich. »Ich habe von dem Schmerz gesprochen, dein ganzes Schicksal an nur einen Menschen zu binden. Ich habe von einem Schmerz ohne Blut gesprochen. Ich habe vom Bluten deiner Seele gesprochen, wenn es denn unbedingt ein Schmerz mit Blut sein soll.«

Galip schaute immer noch verständnislos. Vielleicht hatte er auch keine Ahnung, was physischen von psychischem Schmerz unterschied. Wir fuhren wieder ins Krankenhaus.

Galip ließ den Krankenpfleger, der lediglich das tat, was der Arzt ihm aufgetragen hatte, nicht an sich heran. »Schwester Nuran soll kommen und das nähen«, bestand er. »Ihr Dienst ist gerade zu Ende. Sie kommt erst morgen wieder«, sagten sie und schauten uns wirklich sehr seltsam an. »Wir warten«, sagte Galip. Der 130 Kilo schwere Krankenpfleger drückte ihm ein Stück Gaze in die Hand, die er, um die Blutung zu stoppen, auf die Wunde pressen sollte, und ging. Das alles interessierte Galip nicht, und ich drückte auf die Wunde. Als ich merkte, dass es nicht anders ging, sagte ich: »Galip, um Gottes willen, bitte drück selber auf deine Stirn, und ich geh los und finde Schwester Nuran.« »Einverstanden, mein Bruder«, sagte er und drückte die Gaze auf seine Wunde.

Wenn ihr Dienst gerade zu Ende war, könnte sie vielleicht in der Cafeteria sein, dachte ich und eilte dorthin. »Sie ist gerade raus«, sagten sie. Ich rannte zu dem Wohnheim für die Krankenhausmitarbeiter, das sich direkt neben dem Krankenhaus befindet. Gerade als sie ihren Schlüssel in die Eingangstür steckte, rief ich: »Schwester Nuran.« Sie drehte sich zu mir um und schaute mich mit ihren vor Angst immer größer werdenden braunen Augen an. »Wer sind Sie?«, fragte sie, ohne die Hand von der Tür zu lassen.

»Gestern Nacht war ich mit einem Freund da. Sie haben seine Stirn genäht. Seine Naht ist aufgegangen. Der Arzt ist sehr betrunken, und der Krankenpfleger hat sich geweigert und die Wunde nicht genäht.«

Die Angst in ihren Augen verschwand und wurde durch einen besorgten Blick ersetzt. Als sie mit ihrer von Panik leisen Stimme sagte: »Gut, lass uns gehen«, verstand ich, dass sie dachte, es sei ihre Schuld, dass die Naht aufgegangen war. Während wir schnellen Schrittes ins Krankenhaus eilten, fragte sie mich, wie das passiert sei. In ihrer panischen und liebevollen Stimme lag ein so verständnisvoller Klang – ich konnte ihr einfach nicht antworten. Später schämte ich mich dann, dass ich ihre Frage unbeantwortet gelassen hatte. Auf dieser Welt, auf der wir alle rumtrampeln, gibt es gerade noch eine Handvoll verständnisvolle Menschen. Eine Handvoll anständige Menschen, die bereit sind, wie Kinder an alles zu glauben. Und wir suchen nach Wegen, diese Menschen zu betrügen und sie uns ähnlich zu machen. Sei es für den Arm, der blutet, oder für den Gefallen, den man einem Freund tut. Egal, womit man es begründet – ich scheiß auf das alles. Solche vorbildlichen Menschen wie Nuran trifft man vielleicht einen unter einer Million.

Wir gingen zu Galip. Sie zog mit einer Pinzette die Reste des Fadens heraus, die noch an den Einstichstellen hingen, und begann dann erneut zu nähen. »Wie hat sich die Naht denn gelöst?«, fragte sie.

Galips und meine Blicke trafen sich. Galip kann nicht lügen. »Ich habe sie aufgerissen«, sagte er.

»Warum?«

»Um dich zu sehen.«

Und genau da zog ein Schatten über ihre Augen. Sie schaute Galip nicht mehr an wie einen Mann, der vor ihr saß, sondern wie eine Geschichte, die ihr Ziel verfehlt hat.

»Jeder Mensch kann Gegenstand einer schönen Geschichte sein«, sagte mir mal mein Opa. »Aber das bedeutet nicht, dass er deswegen auch glücklich wird.« Am frühen Abend, wenn die Lokalzeitungen gedruckt waren, stellten wir unsere Stühle vor der Druckerei auf und setzten uns hin. Mein Opa war Drucker, aber er hat nie Einladungen und so Zeug gedruckt. Seiner Meinung nach sollte eine ernstzunehmende Druckerei entweder Bücher oder Zeitungen drucken. Selbst als der Offsetdruck dafür sorgte, dass die ganzen lokalen Zeitungen uns keine Druckaufträge mehr erteilten, druckte er keine Einladungen. Er druckte nur noch Bücher von Amateurdichtern und Broschüren kleiner Parteien, die die Sperrklausel nicht überwinden konnten. Und an diesem Abend, nachdem er mir das gesagt hatte, nahm er seinen Hut ab und sah mir tief in die Augen: »Ich will dich nicht anlügen, Kind«, fuhr er fort. »Die Wahrheit ist: Je schöner ihre Geschichten werden, desto unglücklicher werden die Menschen.«

Eine Woche später rief mich Galip wieder an, nachts um zwei. »Ich bin in der Zafer-Siedlung bei den Treppen, Bruder. Komm!«, sagte er.

»Ich bin krank«, sagte ich.

»Ich auch«, sagte er.

Ich ging zu ihm. Er trug ein sehr schönes Hemd. Er hatte es zerrissen und seinen Arm damit verbunden. Das Blut tropfte nur so runter. Ich sah die zerbrochene Bierflasche auf der Treppe und fragte: »Was hast du getan?«

»Mich in den Arm geschnitten.«

»Warum?«

»Lass uns ins Krankenhaus gehen.«

»Du musst dich nicht unbedingt selbst verletzten, nur um Schwester Nuran zu sehen. Ich glaube sowieso nicht, dass das irgendetwas bringt.«

Als wir die Notaufnahme betraten und Schwester Nuran uns sah, durchschaute sie die Situation sofort und haute ab. Der Arzt kam. Er schaute sich Galips Verletzung an, setzte sich zu uns, schwieg zwei bis drei Minuten und sagte dann: »In mir ist eine Leere, die niemand ausfüllen kann.« Er nahm einen Schluck aus seinem Flachmann, ging zum Fenster und starrte nach draußen in der Erwartung, etwas, das er im Garten des Krankenhauses ausmachen würde, könnte seine innere Leere ausfüllen.

»Ich glaube, der Arzt fühlt sich leer«, flüsterte ich zu Galip. Der wiederum bewegte ständig seinen Kopf von hinten nach vorn und wieder zurück. Es interessierte ihn nicht, was um ihn herum geschah. Ich hatte das Gefühl, in ein Irrenhaus gekommen zu sein, nicht in eine Notaufnahme. Nach fünf Minuten drehte sich der Arzt zu mir um, und als hätte er gehört, was ich kurz zuvor Galip zugeflüstert hatte, sagte er: »Nein. Ich bin nicht leer. Ich bin die Leere höchstpersönlich. Das hat sich nicht mit der Zeit entwickelt. Solche Dinge entwickeln sich nicht mit der Zeit. Diese Leere existiert, seit ich mich kenne. Mit der Zeit ist sie nur noch größer geworden und ich ihr immer ähnlicher. Dabei wollte ich immer ein zufriedener Mann sein. Ein ruhiger und starker Mann wollte ich sein. Ein Mann, der sich selbst genügt. Mehr wollte ich nicht.«

Galip setzte seine Kopfbewegungen fort. Er zeigte kein Interesse an dem Arzt, an mir oder an seinem blutenden Arm. »Den Schnitt an meinem Arm darf niemand anders nähen als Schwester Nuran«, beharrte er wieder. In dieser Nacht war ich der Einzige, der sich Sorgen um Galips Verletzung machte. Den Arzt beschuldige ich gar nicht. In der Notaufnahme eines Provinzkrankenhauses ohne richtige medizinische Ausstattung hatte er nichts weiter zu tun, als einen Verirrten in ein richtiges Krankenhaus zu überweisen, einem, der es mit dem Abendessen übertrieben hatte, eine Talcid-Magentablette zu geben oder sich mit so durchgeknallten Typen wie Galip auseinanderzusetzen. In der Regel verabscheuen Ärzte ihre Patienten, lassen es sich aber nicht anmerken. Unser Arzt verabscheute niemanden. Man könnte auch sagen, er interessierte sich für niemanden. In seinem Kopf beschäftigte er sich mit elementaren Dingen.

Am Morgen kam Galips Vater. Er zog mich in eine Ecke. Hinter seinem harten Blick ließ sich eine tiefe Trauer und Reue vermuten: »Wo habe ich den Fehler gemacht?«, fragte er. Er stellte seine Frage nicht in vorwurfsvollem Ton. Er wollte wirklich, dass ihm jemand sagte, wo er etwas falsch gemacht hatte. »Ich weiß es nicht«, sagte ich. »Wenn Sie wollen, können wir nach Karamürsel fahren.« Wir fuhren nach Karamürsel. Dort, im staatlichen Krankenhaus, wurde Galip mit neun Stichen genäht.

Am nächsten Tag fuhren wir zum Hafenbecken und setzten uns vor den Leuchtturm. Der Leuchtturm, dessen Fuß ständig die Wellen wuschen, den ständig der Wind kühlte, war der freundlichste Ort, an den wir gehen konnten. Ich wollte mir Galip vornehmen und ein Gespräch von Mann zu Mann mit ihm führen. Der Blick seiner eisblauen Augen war undurchdringlich, ausdruckslos. Aber auch das drückte etwas aus. Es war ein wolkenloser, klarer Tag. An einem so klaren Tag konnte dem Menschen das Gefühl kommen, der Horizont reiche bis ins Unendliche. Nun, uns kam dieses Gefühl nicht, denn direkt gegenüber lag der Ort Pendik. Pendik kam zwischen uns und die Unendlichkeit.

»Meinst du, sie hat Angst vor mir?«, fragte er.

»Vor dir habe selbst ich Angst, Galip«, antwortete ich. »Du bist betrunken und blutbesudelt. Verletze dich wenigstens nicht immer an derselben Stelle.«

»Was soll ich machen?«

»Versuche, die Kommunikation auf eine verständlichere Weise aufzubauen.«

»Soll ich ihr Blumen kaufen?«

»Rede erst mal mit ihr auf anständige Art.«

»Gut, so machen wir das«, sagte er. »Du hast recht, Bruder. Man muss reden.«

Die Idee mit dem Reden fand er gut. Mit einer Entschlossenheit, wie sie Menschen an den Tag legen, denen unerwartet eine neue und leuchtende Idee kommt, wiederholte er ständig: »Man muss reden. Man muss reden.« Eine ganze Weile sagte er vor dem Leuchtturm diese Worte in einer Dauerschleife rauf und runter.

154

Es war, als hätte er total vergessen, dass ich auch noch da war. Zum Schluss drehte er sich zu mir um, als ob er gerade erst meine Anwesenheit bemerkt hätte, und sagte: »Dann rede du mir ihr.«

»Ich? Was soll ich denn mit ihr reden?«

»Erkläre ihr mich.«

»Galip, wie soll ich dich denn erklären? Ich kann ja nicht einmal mich selbst erklären. Wie soll ich denn dann dich erklären?«

Eine Woche lang kam aus seinem Mund nichts anderes außer diesem Satz: »Erkläre mich.« Eines Nachts hielt ich es nicht mehr aus und sagte: »Okay, morgen Abend gehe ich zur Notaufnahme und erkläre dich Schwester Nuran.« Er freute sich wie ein kleines Kind. Er stand auf und fing an, *Zeybek*, einen Volkstanz aus der Ägäis-Region, zu tanzen.

»Galip, wir sind nicht aus der Ägäis«, sagte ich.

»Macht nichts. Ich mag diesen Tanz.«

Am nächsten Tag rief er mich ständig an.

»Erzähl ihr nicht, dass meine Mutter gestorben ist. Nicht, dass sie denkt, dass ich mich nur unter dem Eindruck dieses Verlusts in sie verliebt habe.«

»Okay, Galip.«

»Erzähl ihr nicht, dass ich immer das Nachtlicht anlasse, weil ich im Dunkeln nicht schlafen kann. Nicht, dass sie denkt, dass ich vor jedem Mist Angst habe.«

»Okay, Galip.«

»Erzähl ihr nicht, dass ich zum ersten Mal verliebt bin. Nicht, dass sie denkt, ich bin unerfahren in solchen Dingen.«

»Okay, Galip.«

»Erzähl ihr nicht, dass wir letztes Jahr vergessen haben, die Handbremse des *Kartal* anzuziehen, und der Wagen in den Abwasserkanal gerollt ist. Nicht, dass sie denkt, ich würde meine Sachen nicht wertschätzen.«

»Okay, Galip.«

»Erzähl ihr nicht, dass mein Vater ein Hurensohn ist. Das möchte ich ihr gern selber erzählen.«

»Okay, Galip.«

Galip hatte mir alles aufgezählt, was ich über ihn nicht erzählen sollte. »Galip, wie soll ich dich denn erklären, wenn ich nichts über dich erzählen darf?«, fragte ich bei seinem letzten Anruf.

»Das machst du schon«, sagte er. »Beim Schreibwettbewerb wurdest du Zweiter. Zweiter in der ganzen Provinz. Die Tochter des Bankdirektors wurde Erste, aber jeder wusste, dass du eigentlich den ersten Platz verdient hattest.«

»Ja, Galip, danke, aber das war in der Mittelstufe, und wir sollten einen Aufsatz über die Verkehrswoche schreiben.«

»Das machst du schon, Bruder. Aber erzähl ihr nichts über unsere Schulzeit. Diese Zeit möchte selbst ich vergessen.«

»Okay, Galip.«

Schwester Nuran und ich setzten ins in die Cafeteria des Krankenhauses. Um das Wort zu ergreifen, wartete ich einerseits darauf, dass der Besitzer der Cafeteria aufhörte, uns anzustarren, oder dass er es zumindest unauffällig tun würde. Andererseits überlegte ich, wo ich anfangen sollte. Wenn man ganz lange überlegt, was man jemandem erzählen soll, kommt man dahin, dass man gar nichts mehr erzählen kann. Wenn man zu lange überlegt, was man nicht erzählen soll, kommt man auch an diesen Punkt. In so einer Situation begreift man auf natürliche Weise, wie stark und verletzend die Stille sein kann. Die meisten stellen sich den Jüngsten Tag mit einem Riesenlärm vor, aber meiner Meinung nach ist da nur unendliche Stille. Wenn dieser Tag all dem Lärm auf dieser Welt ein Ende setzen soll, kann er das nur mit der erdrückenden Kraft der Stille tun. Das ist die einzige Kraft, die alles überwältigen kann.

Und so sah ich Schwester Nuran schweigend an. »In dem Jahr, in dem Galip auf die Welt kam, hat sein Vater einen Gebäudekomplex mit Ladengeschäften und Büroeinheiten gekauft und *Galip İşhanı* genannt«, hätte ich sagen können. Aber er hatte ja gesagt, ich sollte nichts von seinem Vater erzählen. »Galip war in der İsmet-Paşa-Grundschule ein richtiger Verlierer«, hätte ich sagen können, hätte Galip nicht gesagt, ich dürfte nichts von unserer Schulzeit erzählen.

Galip redet mit niemandem außer mit mir. Solche Typen finden auch immer mich. Als ob sie wüssten, dass ich sie finden würde, wenn sie mich nicht fänden. Bis zur dritten Klasse glaubte keiner, dass Galip lesen konnte, denn er war zu schüchtern, laut vorzulesen. Der Lehrer ließ ihn aber trotzdem nicht die Klasse wiederholen, denn Galips Vater hatte den neuen Boden in der Turnhalle finanziert. Fünf Jahre gingen wir auf diese Schule. Jahre später kam Galip eines Nachts angerannt, er zitterte vor Aufregung und schrie: »Das İsmet Paşa hat nur drei Stockwerke.« »Ach, komm schon«, hab ich gesagt. Wir rannten zur Schule. In unserer Erinnerung hatte die Schule, die wir fünf Jahre besucht hatten, fünf Stockwerke. Jedes Schuljahr seien wir eine Etage höher gezogen, dachten wir. Das war für uns eine fundamentale Ohrfeige. Wir sehen das Leben immer als etwas, das man erklimmen muss. Aber manchmal musst du auch warten, manchmal wieder etwas absteigen, und meistens gelingt gar nichts, nicht einmal das Warten.

»Galip ist niemand, vor dem man Angst haben muss«, konnte ich ihr zum Schluss sagen. Unseren Tee hatten wir ausgetrunken, selbst der Cafeteriabesitzer ging, von unserem Schweigen gelangweilt, eine rauchen, irgendjemand musste jetzt etwas sagen. »Ihm fehlt nur die Fähigkeit, zu verstehen, welche Wirkung sein Handeln bei anderen hinterlässt«, fuhr ich fort.

»Warum schneidet er sich?«

»Er schneidet sich eigentlich nicht, er versucht sich nur zu erklären.«

»Wie bitte?«

»Jeder muss sich irgendwie erklären, Schwester Nuran. Aber die meisten Menschen finden nicht die richtigen Worte. Und die, die sie finden, denken zwar, sie haben die richtigen Worte gefunden, aber tief in ihrem Inneren hegen sie immer einen Zweifel, sie können sich niemals sicher sein. Denn es gibt immer etwas, das mehr ist als nur ein Wort. Hast du ein Lied, als gäbe es auf der Welt kein anderes, das man hören könnte, jemals hundertmal hintereinander gehört?«

»Ja, hab ich«, sagte sie.

»Deswegen, weil du das, was du nicht erklären konntest, in diesem Lied gefunden hast«, sagte ich. »Wir machen das auch immer so, Galip und ich, wir bleiben an einem Lied hängen und hören es wie verzaubert die ganze Nacht. Aber später, eines Nachts, hören auch die Lieder auf. Auch das, was uns in den Liedern verzaubert, hört auf. Alles Gesagte und Ungesagte hört auf. Es bleibt nur eine Stille zurück, in der alles, was geendet hat, nachhallt. Und dann hört der Hall auf. Und da sieht der Mensch sich zu Ende gehen. Das ist schlimmer, als zu sterben. Der Tod besiegt uns somit, bevor er uns einholt. Und genau dann zünde ich eine Zigarette an und hole den Hut heraus, der mich an meinen Opa erinnert. Und Galip denkt an dich und schneidet sich selbst. Weil auch er kein *Terminator* ist, weil auch in seinen Adern Blut fließt. Wie bei jedem anderen auch. Vielleicht ist es nur das, was er erklären will. Vielleicht will er nur sagen: Ich bin wie jeder andere.«

Genau so sagte ich ihr das. Vielleicht ist das ein oder andere Wort in der Reihenfolge vertauscht. Normalerweise halte ich nicht so lange Reden, weil ich Schwierigkeiten habe, meine Gedanken zu sammeln, aber ich hatte so lange über diesem Thema gegrübelt, die Worte sprudelten von alleine aus mir heraus. Ich war so entspannt, als würde ich über eine Erinnerung reden, von der ich schon tausendmal erzählt hatte.

Vier Tage später trafen sie sich. Eigentlich wollten sie sich am nächsten Tag treffen, doch es vergingen allein zwei Tage, bis Galip sich entscheiden konnte, was er anziehen sollte. Am dritten Tag hat er sich wieder umentschieden und sich ein neues Hemd gekauft. Am vierten Tag wusste er nicht, wie er seine Haare kämmen sollte, und kämmte sich nach der Version von Tag Nummer drei. Eine Stunde, nachdem sie sich trafen, rief er mich an und sagte: »Komm sofort.«

»Was ist passiert, Galip?«

»Sie ist abgehauen.«

»Was hast du gemacht?«

»Nichts.«

Ich ging zu dem Teegarten, in dem sie sich getroffen hatten, und schrie: »Zieh dein Hemd aus.« Wir fingen an uns zu kabbeln. Er hatte sich mit einem spitzen Gegenstand den Buchstaben N in den Arm geritzt. »Ich ficke deine Liebe und deinen Schmerz«, sagte ich und ging wieder. Zehn Minuten später kehrte ich zurück und ging ihm an die Gurgel, ich wollte ihn wirklich erwürgen. Galip verteidigte sich gar nicht, er streckte nur beide Arme aus und sagte: »Du hast recht, Bruder.« Ich ließ von seinem Hals ab. Ich fing an, meine linke Faust, die ich geballt hatte, um ihm eine zu verpassen, in meine rechte Handfläche zu schlagen. Ich konnte die Wut, die innerlich an mir zehrte, die mich einerseits erschöpfte und mich anderseits rasend machte, einfach nicht besiegen. Die Kellner gingen dazwischen. Der Besitzer schrie: »Schämt euch, ihr seid doch alte Freunde.« Ich ging wieder.

Lange Zeit ignorierte ich seine Anrufe. Zu der Zeit organisierte ich mir eine Arbeit auf einem Kunstrasenplatz in Orhangazi. Wir waren eigentlich selten in der Gegend. Aber der Job war ganz okay, ein Routinejob, der nicht sehr ermüdend war. Tee kochen, Toast machen, die Umkleidekabinen sauber machen, die Westen in die Waschmaschine schmeißen, dann wieder rausholen und hinten im Garten zum Trocknen aufhängen. Kontrollieren, ob genug Luft in den Bällen war. Wenn einer sich so sehr verausgabte und den Ball über den Zaun schoss, auf das Nachbargrundstück gehen und den Ball suchen. Und in der Freizeit die Jungs aus dem Kiez ins Tor stellen und Elfmeter schießen üben.

Gab es ein Match und der letzte Bus war schon abgefahren, hatte ich sogar einen Platz zum Schlafen. Der Sportplatz gehörte Şerif Abi. Er war eine gemütliche Person. Früher war er Verteidiger bei Gölcükspor. Die Amateurliga hatte er auch trainiert, doch als er da nicht richtig Fuß fassen konnte, eröffnete er den Sportplatz. Fehlte in einer Mannschaft ein Mann, zog er sein Trikot an und spielte mit. Fehlte auf dem Platz ein Schiedsrichter, war er auch Schiedsrichter. Das Bedrückendste an der Sache war immer nur der Schlusspfiff. Da begegnete ich den traurigen Blicken von Männern, die noch ein bisschen weiterspielen wollten. Mich erinnerte das an die Zeit als Kind, als ich auf dem Rummel bei der Anlegestelle Autoscooter fuhr, und an die Traurigkeit, wenn der Schlussgong ertönte. Mein Opa kaufte mir dann meistens noch einen Chip, aber ich wusste, dass er keinen dritten mehr kaufen würde. Zu Beginn des Zweiten Weltkrieges hatte er als Kind Not erfahren. Er erinnerte sich, dass sie Zucker mit einer Lebensmittelbezugskarte bezogen, dass sie vier Sommer keine Tomaten aßen. Für mich strapazierte er immer sein Maß an Sparsamkeit, aber man musste akzeptieren, dass es ihm nicht gegeben war, drei Chips zu kaufen.

Obwohl ich das Umfeld wirklich mochte, musste ich den Sportplatzjob wieder aufgeben. Bei den Asilçelik-Spielen, mittwochs zwischen 22 und 23 Uhr, bekam der Abteilungsleiter, den alle Ziya Bey riefen, den niemand foulte und der nie gegen ein Täuschungsmanöver zu kämpfen hatte, einen Herzinfarkt. Ehe der Krankenwagen kam, war er schon vor unseren Augen gestorben. In der Nacht sagte ich zu Şerif Abi: »Ich hör auf, Abi.« Er beharrte nicht allzu sehr darauf, mich zum Bleiben zu überreden. »Eyvallah«, sagte er. Obwohl es mitten in der Woche war, gab er mir meinen Lohn für die ganze Woche.

Am nächsten Tag fuhr ich zurück in unsere Richtung. Ich begann wieder sinnlos in Straßen herumzulaufen, in denen ich mich nicht mal mit geschlossenen Augen verirren würde. Als ich auf der Cumhuriyet Caddesi am Liman Café vorbeiging, sah ich Schwester Nuran. Ein Mann in den Dreißigern saß ihr gegenüber, sein Haar war leicht ergraut. Ich suchte mir einen Winkel, in dem sie mich nicht sehen konnten, und beobachtete sie eine

Weile von draußen. Durch ihr Lachen und dadurch, dass sie im selben Moment begannen zu reden, war zu erkennen, dass sie in ein inniges Gespräch vertieft waren. Ich ging einmal um den Block und kehrte wieder zurück. Dieses Mal redeten sie gar nicht mehr. Schwester Nuran saß nun neben dem Mann, sie hatte ihren Kopf sanft auf seine Schulter gelegt und schaute ihn mit einem friedvollen Ausdruck an. Bei diesem Anblick wurde mein Inneres zerquetscht, mein Hals verknotet, und ich fühlte einen Schmerz, als sei ich in sie verliebt. Mittlerweile sind Jahre vergangen und es gibt hundert Erinnerungen an diese Geschichte, aber dieses Bild ist die schmerzlichste und haftet immer noch wie ein kristallklares Foto in meinem Geist: Schwester Nuran, wie sie ihren Kopf an einen mir unbekannten Mann lehnt und ihn glücklich anschaut. Vielleicht hätte ich die Geschichte ab dieser Stelle erzählen sollen, aber dafür ist es nun viel zu spät.

Am Abend ging ich wieder in dieses Café. Einer der Kellner dort war ein Freund aus dem Gymnasium. »Wer war der Mann neben Schwester Nuran?«, fragte ich ihn.

»Der neue Arzt«, sagte er.

»Was ist mit dem alten passiert?«

»Den haben sie nach Muş versetzt.«

»Warum?«

»Der Polizeichef hatte Bauchschmerzen oder so was und ist eines Nachts ins Krankenhaus gegangen. Als der Arzt mit einem völlig sinnlosen Gespräch anfing, hat er sich aufgeregt und dann angefangen, sich mit ihm zu prügeln. Daraufhin hat der Polizeichef sich beschwert, weil der Arzt betrunken war. Eine Woche haben sie ihn suspendiert und, als der neue Arzt kam, nach Muş versetzt.«

Zwei Tage später sah ich die beiden wieder. Ich hatte gerade Brotteig von der Yağmur-Bäckerei geholt, meine Mutter wollte zu dem Bohneneintopf Pişi damit machen. Sie kamen aus der Nebenstraße, Schwester Nuran hatte sich unauffällig beim neuen

Arzt eingehakt. Als sie mich sah, zog sie ihre Hand von seinem Arm. Wie eine Schuldige neigte sie ihren Kopf nach unten. Ich sah mir den Arzt an. Mit seinen viel zu nah beieinander stehenden Augen rann Blödheit von seinem Gesicht. Dabei hatte er nach etwas ausgesehen, als ich ihn von Weitem gesehen hatte. Ich hatte sogar Respekt vor dem Mann, der unserer Krankenschwester Frieden gab. Ich drehte mich um und ging.

Seit 15 Tagen hatte ich nun mittlerweile alle Anrufe von Galip ignoriert. Als er in dieser Nacht anrief, ging ich ran. Wir trafen uns wieder in der Zafer-Siedlung. Er war überhaupt nicht sauer, dass ich seine Anrufe ignoriert hatte. Mich zu sehen, machte ihn ausreichend glücklich. Nach dem zweiten Bier legte er los.

»Mein Bruder«, sagte er, »lass uns einen neuen Plan schmieden. Guck nicht so. Einen ganz ruhigen Plan. Wir gehen gemeinsam zu Schwester Nuran, wir treffen uns zu dritt. Wenn ich alleine bin, bin ich immer so aufgeregt und weiß nicht, was ich sagen soll. Aber wenn du dabei bist, wird alles anders. Du findest immer etwas, worüber du reden kannst, und erklärst mich ihr. Und ich misch mich dann ab und zu mal ins Gespräch ein und sage: ›Bruder, übertreib nicht so, so gut bin ich jetzt auch wieder nicht.‹ Wir lachen und haben eine gute Zeit zusammen. Wenn du dabei bist, hat Schwester Nuran keine Angst vor mir und ich hab keine Angst vor ihr. Wenn du dabei bist, haben wir vor gar nichts Angst. Wir können sogar ins Kino gehen.«

»Galip, das geht nicht«, sagte ich.

»Warum nicht?«

»Weil es nicht geht. Wenn ich sage, es geht nicht, geht es nicht.«

»Warum nicht? Der Plan steht. Es ist ein schöner Plan. Warum geht es nicht?«

»Ich ficke gleich dein ›Warum‹, Galip! Wenn ich sage, das geht nicht, dann geht es nicht, mein Junge. Hör auf mich zu drängen.«

Der kindliche Ausdruck auf seinem Gesicht verschwand mehr und mehr, er kniff seine Augen zusammen und musterte mich mit einem verdächtigen Blick. »Hast du dich auch in

Schwester Nuran verliebt?«, fragte er. »Ich hab gesagt, geh und erkläre mich, und du hast dich verliebt?«

Ich stand wütend auf: »Was sagst du denn da! Schämst du dich nicht, mir so etwas zu sagen?«

»Gut, Bruder«, sagte er. »Ich entschuldige mich. Aber du sagst mir jetzt, warum das nicht geht.«

»Lass es, hak nicht nach.«

»Aber sie hat gelächelt, als sie mich sah.«

»Vergiss es, Galip. Vergiss es einfach.«

Seinen Blick auf den Boden gerichtet, dachte er eine Weile nach. »Eyvallah, dann soll es so sein«, sagte er und stand auf. Enttäuscht und zittrig ging er die Treppen hinunter. Er hatte nicht einmal sein Bier ausgetrunken. Ich wurde zum ersten Mal Zeuge davon, dass Galip eine Bierflasche nur zur Hälfte ausgetrunken hatte. Sein Herz war wirklich gebrochen. Ich rief ihm hinterher, doch er drehte sich nicht um.

Der Galip, der mich jeden Abend anrief, rief nach diesem Abend nicht mehr an. Ich hatte daran gedacht, ihm die Wahrheit zu sagen, aber ich hatte Angst, dass er ins Krankenhaus ging, was Blödes anstellte und alles noch viel schlimmer machte. Den Jungs im Liman-Café sagte ich, sie sollten Galip nichts über diese Angelegenheit erzählen. Zu jener Zeit gab es in der Stadt keinen passenderen Ort, an dem sich zwei Liebende verabreden konnten, als das Liman-Café. Es bestand also keine Möglichkeit, dass er die beiden woanders so sehen konnte.

Eine Woche später, so nachts um drei, rief Galips Tante an. »Komm sofort zu uns.«

Er stand vor dem Wohnhaus seiner Tante und schrie immer wieder: »Ich gehe nicht, bevor dieser Hurensohn nicht runterkommt.«

»Wer?«

»Mein Vater.«

Die Tante stand auf dem Balkon und schwor: »Dein Vater ist nicht hier.« Sie flehte Galip mit ihrer brüchigen und blechernen

Stimme an, konnte ihn aber nicht überzeugen. Galip atmete wie ein Verrückter ein und aus: »Geh nach oben und sieh du nach«, sagte er zu mir.

Ich ging nach oben. Sein Vater lief im Wohnzimmer auf und ab.

»Sag, er ist nicht da«, sagte seine Tante zu mir. »Ich flehe dich an, sag, er ist nicht da.«

Meine Augen waren auf Galips Vater gerichtet. Als er mich sah, blieb er stehen und schaute mit einer Reue, die er nicht verheimlichen konnte. Ich wartete darauf, dass er etwas sagte, doch er sagte nichts. Ich ging wieder runter.

»Ist er da?«, fragte Galip.

Ich konnte ihm keine Antwort geben.

»Ist er da?«

»Wir sind schon so lange befreundet, dass wir uns nicht gegenseitig belügen können, Galip«, sagte ich. »Man kann sich seinen Vater nicht aussuchen. Man kann sich seine Familie nicht aussuchen. Und deswegen kann man sich auch den Schmerz, den sie uns zufügt, nicht aussuchen. Eigentlich kann man sich gar nichts aussuchen. Aber unter allen Dingen, die man sich nicht aussuchen kann, tut die Familie am meisten weh. Deswegen sollte man es am besten vergessen, alles hinter sich lassen und gehen. Ich habe mal einen Franzosen kennengelernt, der nur aus diesem Grund mit dem Fahrrad von der Schweiz bis nach Vietnam gefahren ist.«

»Wirklich?«

»Nein. Richtig kennengelernt habe ich ihn nicht. Ich habe nur eine Reportage über ihn im *Atlas*-Magazin gelesen. Aber es gibt manchmal Reportagen, Galip, und richtige Fragen, die man zum richtigen Zeitpunkt gestellt hat. Und dann gibt es auch noch eine überarbeitete Fassung davon und so weiter. Und den Menschen lernst du dann wirklich kennen.«

Er legte seine Hände auf meine Schultern und lehnte seine Stirn an meine. Eine Weile standen wir so da. Dann stieß er mich plötzlich von sich: »Mein Vater fickt meine Tante!«, fing er zu schreien an. »Mein Vater fickt meine Tante!« Alle Nachbarn kamen auf ihre Balkone. Ich versuchte, ihm den Mund zuzuhalten, aber es gelang mir nicht. Er sprang rum, als würde er versuchen, einen Apfel vom Baum zu pflücken.

»Wenn du meine Tante ficken wolltest, warum hast du dann meine Mutter geheiratet, du Hurensohn! Du hättest ja meine Tante heiraten und meine Mutter ficken können! Und ich wäre nicht zu einem Teil dieser Geschichte geworden. Wäre das nicht möglich gewesen?«

Er zog sein Taschenmesser und lief Richtung Eingangstür. Dabei begann er zu schreien: »Ich bringe ihn um.« Ich stellte mich vor ihn und hinderte ihn, das Haus zu betreten. »Galip, lass das Messer fallen«, sagte ich.

»Warum?«

»Lass das Messer fallen!«

»Warum?«

»Weil man seinen Vater nicht umbringen kann«, sagte ich. »Mann, ich hab keinen Vater! Als er einen Ballen Zeitungen zur Druckerei trug, starb er an einem Herzinfarkt. Ich war drei Jahre alt damals. Ich erinnere mich weder an sein Gesicht noch an seine Stimme. Ich habe keine einzige Erinnerung an ihn. Sieh mich doch mal an, ich laufe immer noch mit dem Hut meines Opas rum. Dieser Hut war schon vor vierzig Jahren aus der Mode.«

Ohne dass ich es bemerkte, kamen mir ein, zwei Tränen aus den Augen. Ich drehte mich um und wischte mir die Tränen von den Wangen. Bevor ich ihn wieder ansah, versuchte ich ein Lächeln. »Galip, selbst das hast du mir angetan, Mann«, sagte ich.

»Es tut mir leid, Bruder«, sagte er.

»Dann klapp dieses Messer zu und lass uns gehen«, sagte ich. »Lass uns bei dem Laden an der Kreuzung vorbeischauen, Tuborg und geröstete Kichererbsen besorgen. Dann parken wir mit dem *Kartal* gegenüber vom Hafen und hören dasselbe Lied, bis der

Morgen graut. So bringen wir diese Nacht rum. Lass uns diese Nacht überstehen, das reicht, Galip. Die Tage können uns nichts anhaben. Hätten sie uns etwas anhaben können, hätten sie uns schon längst zu Fall gebracht.«

Galip klappte sein Taschenmesser zusammen. Seine Hände und Arme zitterten. Ich nahm den Schlüssel für den *Kartal* an mich. Als ich unsere Besorgungen in dem Laden gemacht hatte und zurückkam, saß Galip nicht mehr auf dem Beifahrersitz. Ich lief ein, zwei Straßen und schrie »Galip, Galip« in die Dunkelheit, aber ich bekam keine Antwort. Ich sah, wie zwei Männer hektisch auf die obere Straße eilten. »Was ist da los?«, fragte ich.

»Ein Psychopath ersticht sich selbst vor der Tankstelle.«

Ich rannte zur Tankstelle. Galip war so voll Blut, es war unmöglich zu erkennen, wo die Wunde war. Als er mich sah, sagte er: »Dass ich dich seit einer Woche nicht anrufe, tut mir leid, mein Bruder. Du bist mein einziger Bruder. Und du hast recht! Wie immer hast du recht! Ich kann meinen Vater nicht erstechen, ich kann höchstens mich erstechen. Und das ist das Richtigste.«

»Ich habe so viel geredet, und du hast davon nur das verstanden?«

Beim Versuch, ihn daran zu hindern, sich weiter zu schneiden, bekamen meine Hände auch ein paar Schnitte ab, ich stand da, von oben bis unten mit Blut besudelt. Und wieder waren wir ein Fall fürs Krankenhaus. Als Schwester Nuran uns sah, rannte sie ins Ärztezimmer und schloss sich dort ein. Galip schnappte sich die Notfallaxt neben dem Feuerlöscher und fing an, in die Tür zu hacken.

»Wo ist der Arzt?«, schrie ich. In der ganzen Verwirrung hatte ich sogar vergessen, dass sie unseren Arzt nach Muş versetzt hatten. Als würden diese Gewalt und dieser ganze Terror aufhören, wenn der Arzt käme und mit einem seiner bescheuerten Gespräche loslegte. Dieser Arzt war nicht von dieser Welt gewesen, und dieses Problem konnte nur einer lösen, der nicht von dieser Welt war. Stattdessen kam der neue Arzt und schaute Galip und mich voll Schrecken an. »Schnell, unternimm was!«, rief er dem Sicherheitsmann zu. »Ich habe keine Waffe, ich kann mich da nicht einmischen, Herr Doktor«, sagte der Sicherheitsmann. Daraufhin rannte der Arzt aus dem Krankenhaus und kam fünf Minuten später mit dem Unteroffizier zurück, der in der Straße gegenüber wohnte.

In der Zwischenzeit hatte ich Galip die Axt aus der Hand genommen. »Komm, lass uns gehen«, sagte ich. Er beharrte: »Lass uns ein wenig reden, wir drei; bloß für fünf Minuten, dann können wir gehen.« Der Unteroffizier zog seine Waffe, sobald er uns erblickte. Er war einer dieser verfluchten Typen, die immer auf eine solche Gelegenheit warten, um den Helden zu spielen.

Und Galip zog sein Taschenmesser und fing an zu schreien: »Schieß! Los, schieß doch!«

Der Unteroffizier entsicherte seine Waffe: »Lass das Messer fallen, sonst schieß ich!«

Galip fing wieder an, sich selbst zu verletzen, und dabei schrie er: »Schieß, schieß doch endlich.« Der Unteroffizier wiederholte: »Lass das Messer fallen!« Er machte keinen Spaß.

Ich ging dazwischen: »Galip, stich mit dem Messer auf mich ein, wenn du willst, aber hör jetzt auf, dir selber einen Stich nach dem anderen zu versetzen. Und wenn du dich schon selbst erstechen willst, dann mach das zumindest nicht, während du weinst. Mach das nicht, Mann! Weine nicht vor denen. Dein Blut sollte fließen, während du lachst.«

Galip schaute verletzt und verdutzt, und da begriff ich, dass er von seinem Tun Abstand nehmen würde. Und ich begriff, dass er sich nie wieder selbst schneiden würde. Das Messer in seiner Hand fiel zu Boden. »Auch Hilflosigkeit kann den Menschen beruhigen.« Diesen letzten Satz habe ich in Bram Stokers *Dracula* gelesen. Das philosophischste Buch, das im 19. Jahrhundert geschrieben wurde.

Als Galips Messer auf den Boden fiel, fielen der Unteroffizier, der Sicherheitsmann, der Cafeteriabesitzer, der Krankenpfleger und der neue Arzt über ihn her und schlugen auf ihn ein. Weil ich versuchte, dazwischenzugehen, steckte ich einen Teil ihres Zorns ein. Dann kam die Polizei und kettete uns mit Handschellen aneinander. Als wir zum Einsatzwagen liefen, drehte sich Galip zu mir und schaute mir in die Augen. Er versuchte etwas zu sagen, konnte es aber einfach nicht.

»Was ist, Galip?«, fragte ich.

»Egal, vergiss es«, sagte er.

Am nächsten Tag zur Mittagszeit ließen sie uns gehen. Wir sahen wir uns danach lange nicht. Galip war verschwunden. Den Part mit dem Gericht erledigte Galips Vater. Der Richter hatte daraus eine Geldstrafe gemacht, zahlbar in fünf Jahren. »Der Vater von Galip hat dem Richter ein Ferienhaus in Ceylankent gekauft«, sagten alle. Sie sagten noch viel mehr, aber was davon wahr ist, was nur ein Gerücht, weiß ich nicht. Nach ein paar Jahren kam mir zu Ohren, dass Galips Vater gestorben sei und Galip die einzelnen Einheiten in dem Gebäudekomplex verkaufte und das Geld verprasste.

Ich verschwand auch. Nach dem Motto »Die Welt gehört mir« reiste ich ein paar Jahre von Stadt zu Stadt. Ich war wie ein Telefon, das hartnäckig klingelt, das aber keiner abhebt. Ich jobbte in Hotels als Gehilfe und als Kellner. Solche Jobs will der Mensch nicht da machen, wo er geboren ist. Aber er weiß auch, dass er eines Tages zurückkehren muss. Diese Rückkehr schob ich ständig weiter hinaus. Ich wollte in die Stadt, in der ich auf die Welt gekommen bin, entweder als König oder als ein Nichts zurückkehren. Und während all dieser Jahre dachte ich, dass ich das Leben nur ertragen konnte, wenn ich schrieb. Nach einer Zwölf-Stunden-Schicht setzte ich mich in den Aufenthaltsraum des Hotels und versuchte irgendwas zu kritzeln. Die Kellner, mit denen ich zusammenarbeitete, fragten: »Was schreibst du da?« Wenn ich antwortete: »Ich schreibe eine Geschichte«, sahen sie mich mit leeren Blicken an. Eines Nachts setzte sich der Oberkellner zu mir an den Tisch und fragte: »Bist du Linkshänder?«

»Ja«, sagte ich.

»Schreibst du da ein Gesuch?«

»Nein.«

»Schreibst du einen Brief?«

»Nein.«

»Was schreibst du?«

»Eine Geschichte.«

»Darf ich mal sehen?«

»Nein.«

»Warum?«

»Sie ist noch nicht so weit, dass man sie lesen kann.«

»Schau mich mal an«, sagte er. »Seit 15 Jahren arbeite ich in dieser Branche. Dedeman, Hilton, Sheraton, ich habe schon in allen gearbeitet. Hab ich dich bis heute jemals schlecht behandelt? Gut, kann sein, dass ich das ein oder andere Mal laut geworden bin. Aber habe dich je absichtlich schlecht behandelt? Habe ich dir jemals deinen freien Tag in der Woche nicht gewährt? Gut, drei Wochen lang habe ich das gemacht, aber das habe ich bei allen gemacht. Wir sind mitten in der Saison, das Hotel ist ausgebucht. Und ich habe nur eine begrenzte Zahl an Mitarbeitern. Denke auch darüber einmal nach. Bevor du schreibst, denke auch darüber nach.«

Der Oberkellner stand beleidigt vom Tisch auf. Ich war verwirrt. Was das alles sollte, erfuhr ich erst am nächsten Tag. Ich hatte einen Freund, der an der Bar arbeitete. In der Personalunterkunft teilten wir uns ein Zimmer. Er hatte nicht immer alle Tassen im Schrank. Seit acht Jahren arbeitete er als Barkeeper, seit sieben Jahren zerschlug er jeden Tag vier Gläser. Er war der festen Überzeugung, dass das Hotel ihn ausbeutete, dass er viel mehr Gehalt bekommen müsste. Diese Überzeugung versuchte er auf diese Weise umzusetzen. Er erzählte mir von einem Gerücht, das in Umlauf war: Ich sei der Neffe des Hoteldirektors, der mich in das Restaurant als Kellner eingeschleust hätte, damit ich ihm einen Bericht über alles, was vor sich geht, schreibe. Das sei der Grund, warum ich mich jeden Abend hinsetzte und etwas schrieb. Der Barkeeper war der Einzige, der mir glaubte, dass ich eine Geschichte schrieb. Außer ihm dachten alle, ich sei ein Spitzel, der mit dem Direktor verwandt war. Selbst ich fing an, mich wie ein Spion zu fühlen, jedes Mal, wenn ich den Stift zur Hand nahm. Ich hörte in dem Hotel zu arbeiten auf und fing in einem anderen an. Mit dem Schreiben hörte ich nicht auf. Schreibend wollte ich auf den Beinen bleiben, leichter werden und mich von meinen Sorgen befreien. »Die Literatur wird mich retten«, flüsterte ich mir selbst zu, während ich das Besteck polierte, die Tische abräumte oder volle Tabletts durch die Gegend trug. Wenn ich jetzt zurückblicke, sehe ich: Ja, das Schreiben hielt mich auf den Beinen. Aber das war's auch schon. Ich bin weder leichter geworden noch habe ich mich von irgendeiner Sorge befreit. Das Schreiben hat nichts weiter gebracht, als dass ich mich selbst immer trauriger gemacht habe.

Die Jahre vergingen, und ich hatte die Gastronomie über. Richtig Geld konnte man damit nicht verdienen, und ich kehrte der Hotellerie den Rücken. Ich kehrte in meine Heimatstadt als ein Nichts zurück und sah, dass sich nichts verändert hatte. Das hatte ich schon verstanden, ehe ich aus dem Bus gestiegen war. Der Verkäufer von Glückslosen am Busbahnhof saß seit Jahren mit seinem Tisch an ein und derselben Stelle, wie angeschraubt. Ich stellte meinen Koffer vor ihm ab und kaufte ein Los. Als er mir das Wechselgeld gab, sah ich ihn aufmerksam an. Eine kleine Veränderung, ein kleines Anzeichen der Alterung: nicht einmal das konnte ich entdecken.

Eine Woche nach meiner Rückkehr brannte die Yağmur-Bäckerei ab. »Die Frau des Bäckers ist mit einem anderen durchgebrannt«, erzählten sie. Und der Bäcker drehte wegen seines Schmerzes, seiner Wut, seiner Enttäuschung, wegen der Gerüchte, die in Umlauf gerieten, oder wegen einer Mischung aus alledem durch und machte zum letzten Mal Feuer in seiner Bäckerei. Dieses Mal gründlich.

Die Feuerwehr war schon da gewesen und hatte das Feuer längst gelöscht. Als sichergestellt war, dass niemand mehr in der Bäckerei war, begannen sie mit den Abkühlungsarbeiten. Eigentlich hätte das Interesse daraufhin abnehmen und die dort unter der Losung »Feuer« versammelte Menschenmenge hätte wieder auseinandergehen sollen, aber alle waren noch immer da. Ich auch. Dieses Feuer hatte etwas, das uns in seinen Bann zog, uns miteinander verband und uns am Gehen hinderte. Ich hatte immer geglaubt, dass die Arbeit von Feuerwehrleuten die Erinnerung der anderen ist. Denn ein Feuer ist in erster Linie eine Erinnerung.

Während ich weiterhin den Feuerwehrleuten bei ihrer Arbeit zusah, spürte ich aus der Menge eine Hand auf meiner Schulter. Ich drehte mich um: Galip. Er hatte ein ungefähr drei Jahre altes Mädchen auf seinem Arm. Sie war seine Tochter. Als sie mich sah, schämte sie sich und vergrub ihren Kopf an der Schulter ihres Vaters. Er hätte im Vorbeigehen das Feuer gesehen. Wir redeten ein bisschen. Nachdem er alle Einheiten in dem Gebäudekomplex verkauft hatte, bis auf eine, eröffnete er in dieser einen ein Sportgeschäft.

Seine Frau, die weiter weg stand, musterte mich misstrauisch. Sie hatte nach einer kühlen Begrüßung sowieso ihre Tochter zu sich genommen und sich von uns entfernt. Galip gab mir seine Visitenkarte. »Komm mal vorbei und lass uns einen Tee oder Kaffee zusammen trinken«, sagte er. Ich schaute auf die Karte: »Galip İşhanı *Nuran Spor*. Etage 2, Nr. 8«.

Seine Frau rief von ferne: »Galip.« In ihrer Stimme lag eine Wut, die sie zu verheimlichen versuchte, aber man hörte sie doch. Galip sah sie an und drehte sich dann zu mir. Er klopfte mir auf die Schulter und lief mit einem leicht gebrochenen Lächeln los. Nach einer kurzen Distanz blieb er stehen, drehte sich zu mir um und kam rennenden Schrittes wieder auf mich zu. Er war so aufgeregt wie an dem Tag, als er entdeckte, dass die İsmet-Paşa-Grundschule nur drei Stockwerke hatte. Man konnte sehen, dass er irgendetwas sagen musste, aber dass er wieder nicht reden konnte.

»Was ist los, Galip?«, fragte ich. »Sag, was ist los?«

Galip wandte seinen Blick von mir ab und sagte mit einer leicht zittrigen Stimme: »Alles nur wegen dir, mein Bruder.«

»Was ist wegen mir?«

»Du konntest mich nicht erklären.«

Emrah Serbes (Foto: Vedat Arık)

Emrah Serbes
junge verlierer
Erzählungen

Aus dem Türkischen von
Oliver Kontny
170 Seiten
Hardcover
Originaltitel: Erken Kaybedenler
ISBN 978-3-943562-32-3

16,90 € [D]

 Kultur

Mit der Unterstützung des Programms Kultur
2007 – 2013 der Europäischen Union

*Die 10 besten
Bücher des Jahres aus
unabhängigen Verlagen*

Emrah Serbes erzählt davon, wie es ist, ein Mann zu werden: vom Fingerspiel in Mädchenhaaren, von tränenloser Starre, als der Bruder beim Militär ums Leben kommt, und davon, warum einer mit „Terroristen" aus der Nachbarschaft zur Demo geht. Er erzählt von Fußballspiel, Nachhilfeunterricht und der Verwirrung, wenn Lehrerinnenbeine plötzlich vom Wind freigeweht werden. Manchmal tragisch, selten weinerlich, überraschend ernst und oft sehr komisch klingen die Stimmen dieser Jungen und Jugendlichen, zärtlich und unverwüstlich zugleich.

»Emrah Serbes ist ein berührender Erzählband darüber gelungen, was es bedeutet, Mann zu werden. Auch Frauen wärmstens empfohlen.«
Der Stern, Juli 2014

»Geschichten über den bittersüßen Schmerz, den jeder kennt, der irgendwann erwachsen werden musste.«
Deutschlandradio Kultur, Martin Becker

Emrah Serbes
Behzat Ç. - jede berührung hinterläßt eine spur

Kriminalroman
Aus dem Türkischen von
Oliver Kontny
319 Seiten
Englische Broschur
Originaltitel: Son Hafriyat
ISBN 978-3-943562-03-3

15,90 € [D]

Emrah Serbes
Behzat Ç. - verschütt gegangen

Kriminalroman
Aus dem Türkischen von
Johannes Neuner
320 Seiten
Englische Broschur
Originaltitel: Her Temas Iz Bırakır
ISBN 978-3-943562-04-0

15,90 € [D]